マドンナメイト文庫

孤独の女体グルメ　桃色温泉旅情

津村 しおり

目次
contents

孤独の女体グルメ　桃色温泉旅情

第一章　温泉帰りの一夜の恋

1

「生き返るな……」
井乃頭志朗《いのがしらしろう》は、思わず口に出していた。
やはり温泉がいちばんだ。源泉かけ流しの、ぬるめの湯が肌をやさしく撫《な》でる。
志朗は、平日の日帰り温泉にいた。開店して一段落したあとなので、客は少ない。
そういうわけで、露天風呂を独占してゆったりと浸《つ》かっていた。
今日は公休日だ。志朗の勤務先は旅行代理店なので、休みは土日ではなく平日。
恋人や妻がいれば休みが合わずに悩みの種になったかもしれないが、志朗にそんな相手はいない。三十一になり、両親からは早く結婚をとせっつかれているが、こればかりは相手が見つからないことにはどうにもできない。

（ま、いいさ。気楽なもんだから）

日々の疲れを癒《いや》すには、やはり温泉。いまの部署に来る前は、ツアーの添乗員として全国を駆けまわっていた。ツアーでは客の要望や苦情に応対しつつも、旅の中に身を置いているせいか、ストレスは少なかった。

しかし――。

志朗は添乗員時代、大きなミスをした。

上客を怒らせたのだ。その客、本郷隼人《ほんごうはやと》は一代で身代を築いた実業家だ。

そして、隼人の妻である高子《たかこ》は本郷よりかなり年下の三十二歳。

見つめていると吸いこまれるような瞳に、整った輪郭、長い黒髪をアップした襟足からはほのかに色気が漂う。旅行時はいつも清楚《せいそ》なワンピース姿。しかし、それでも豊かな乳房と美しいヒップラインがわかるほど肉感的なボディの持ち主だ。

手の届かない存在とはまさに高子のことだ、と志朗は案内しながら思ったものだ。

旅好きの心を捉える企画をたてる志朗は本郷に気に入られ、専属の添乗員として指名された。夫妻とともに、全国津々浦々旅をした。

そんな志朗がミスをしたのは、和歌ツアーの最中だった。

和歌にまつわる様々な旧跡をめぐったあとで最後に案内したのが、芥河《あくたがわ》公園だった。

その奥に、知る人ぞしる名所があるのだ。

「こちらが業平《なりひら》の湯——別名、白玉《しらたま》の湯でございます」

壁のようにそびえる竹藪《たけやぶ》の中央にある小径《こみち》の突き当たりに、業平の湯、と書かれた石碑が立っている。その前に、直径二メートルほどの石造りの浴槽があった。

「高貴な姫を失った在原《ありわらの》業平の悲嘆の涙が岩に落ちて、そこから温泉が湧いたとのことです。以来、男性が湯に入ると業平の涙が体にしみこみ、業平のごとくになると盛況だったそうです。昨夜の雨がなければ、透明度の高い源泉が見られたのですが、今日は残念ながら難しいようです」

案内した日は、あいにくの雨だった。

以前は入湯できたのだが、源泉が涸《か》れかけて入れなくなっていた。下見のときは透明な湯がわずかにあったのに、その日は前日の雨が流れこみ、湯は茶色く濁っている。

「高貴な姫というと、六段かね」

「さすがです、本郷様」

『伊勢物語《いせものがたり》』の六段とは、

「芥河はかなき女《ひと》は露と消え」

の段で、『伊勢物語』で最も有名なくだりだ。高貴な姫を都からさらって逃げた業平だったが、姫を追っ手にとり返され、ひとり残された我が身を嘆いた。

「それで別名が白玉の湯なのね」

夫人が頬に左手を当てながら、志朗に尋ねた。指には金の結婚指輪が光っている。

草の露を真珠と間違えた姫が、業平にこれは白玉——真珠かと聞いた。しかし、先を急いでいた業平は答えず——そのまま姫は夜に追っ手にとり返されて消えた。姫が露を見て真珠と問うたときに、それは草についた露だと答えて、自分も同じように消えてしまえばよかった——という哀切な歌だ。

「白玉に化したいと涙した業平の悔恨を聞き届けた御仏《みほとけ》が、功徳を積めば再び姫と会うという願いも叶《かな》うだろうと告げたという伝説もございます……」

志朗は高子夫人の横顔に見とれていた。それで気づくのが遅れたのだ。

夫人が白玉の湯をのぞいたとき、バランスを崩したことに。志朗は夫人の手をつかんだのだが——。

足下が濡れていたために、志朗も足を滑らせてしまった。

結果、ふたりとも茶色く濁った業平の湯へと落ちた。志朗はとっさに夫人が怪我《けが》しないように強く抱きしめ、自分が下になった。志朗はあちこちぶつけたが、幸いにも夫人に怪我はなかった。当然ながら、本郷は烈火のごとく激怒した。

（添乗員失格の大失敗だもの……しかたがないよな）

志朗は異動となった。

異動先は、苦情処理係。添乗員時代に客の無理難題にも機転を利かせて応えつづけた志朗は当たりさわりなく応対していたが、鬱憤ばらしのためのクレームともつかない電話を何時間も聞いているうちに、ストレスは澱《よどみ》のようにたまっていった。

（俺はやっぱり旅が好きなんだな。ああ、添乗員に戻りたい）

空を見つめながら思う。こんなにも仕事に未練を持つとは意外だ、と。

あの事故がなければ、いまごろは本郷夫妻を湯河原《ゆがわら》へ案内していたはずだ。夫人はどうしているのかな……いやいや、考えてもしかたない。

気分転換のためにやってきたのが、源泉かけ流しの湯が自慢の日帰り温泉だった。ほんのりと漂う硫黄の匂い、肌をぬくめる湯。露天の岩風呂でぬる湯を堪能《たんのう》したら、次は内風呂のあつ湯に入ろう。そして、そのあとは食事処でビールだ。

そう考えるだけで、日々の疲れも、添乗員への未練も湯に溶けていく。

志朗は満足げに目を閉じた。

2

異変に気づいたのは、風呂からあがり、食事処でビールを飲んでいるときだった。注目を浴びているような気がする。

しかも、女性から。男性はまったくこちらを見ていない。

(気のせいだろうな)

そう考えたが、ひとつ気になることがあった。

風呂からあがってみると、女性がみな魅力的に見えるのだ。

つまみを運んでくる日帰り温泉備えつけの食堂のおばちゃんが、やたらと色っぽい。

おばちゃんのほうも志朗の前におつまみセットを置いたとき、流し目を送ってきた。

(疲れてるのかな……)

志朗はこめかみを揉《も》んだ。志朗の会社では、添乗員はモテる者が多い。気が利いて、ツアーバスの中では盛りあげ役なので、女性客からウケがいいのだ。

しかし、志朗に限ってそれはない。平凡な風貌のせいか、押しの弱さのせいかわからないが、ツアー内で同じツアー客相手にうまくやっていそうな男性客は見かけても、自分が女性客から色目を使われることはなかった。

(疲れのせいだ。酔いがひどくなる前に帰ろう)

股間が熱い。やたらとムラムラする。

駅までの送迎バスがあったが、火照る体をおさめるには寒風に当たったほうがよさそうだ。志朗はバスには乗らずに歩きはじめた。駅までは十分ほどだ。

秋の空は高く、澄んでいる。見知らぬ街を散歩するのもいいものだ。

と——。

志朗を自転車で追い越した女性が、バランスを崩した。女性は慌てて足をつき、横に思いっきり転倒するのを避けたが、膝を地面にぶつけたようだ。

志朗は女性に駆け寄った。

「大丈夫ですか」

女性も同じ日帰り温泉の帰りだったようだ。自転車の籠からシャンプーやリンスなどのお風呂セットが地面に落ちて、中身が散らばっていた。

志朗は女性の上に乗っていた自転車を動かして、スタンドを立てた。

「ありがとうございます」

女性が顔をあげた。

（か、かわいい……）

心臓が高鳴る。

長い睫毛《まつげ》に黒目がちな瞳。少し垂れている目もとも、ふくっとした頬も愛らしい。乾かしたての髪をひとつに結った無造作なスタイルも、頬にかかる後れ毛の色っぽさをきわだたせている。湯あがりの体を紺のセーターとふわりとした水色のスカートに包んでいた。

「歩けますか」

志朗が声をかけると、立ちあがりかけた女性がよろめく。

そして、志朗の胸の中に体を預けてきた。

志郎の胸に押し当てられた左手の薬指に金の指輪が光っているのが見えた。指輪を見た瞬間、ときめきが心を貫いた。

「足をくじいたようです……ご迷惑でなければ家まで送ってくださいませんか」

と言ってきた。彼女の放つ生まれたての子鹿のような頼りなさと、肢体から漂う色香にあらがえず、志朗はうなずいた。

3

「ありがとうございます。助かりました」

新崎智恵《にいざきちえ》はそう言った。志朗が自転車を押して家に行く道すがら、志朗と女性はお互いに名乗った。新崎智恵は二十六歳で、結婚して一年だという。

智恵の家は、智恵が転んだ場所から歩いて十五分ほどのところだった。

いま、ふたりは智恵の家の玄関にいた。

智恵は玄関マットに腰かけている。

「あらやだ、ストッキングが破れちゃった」

足を見た智恵が、顔を曇らせた。

「冷やしたほうがいいかもしれませんね」

「あの……できれば、お手伝いしていただけませんか」

思いも寄らない申し出に、志朗は目をまるくした。添乗員時代から無理難題を言われるのは慣れているが、こんなことを言われるのははじめてだ。

いつもの志朗なら曖昧に答え、そそくさとその場をあとにしていたはずだ。

しかし、志朗の目にも、智恵がひどく魅力的に見えていた。

この女《ひと》を離してはならない——そんな気持ちに駆られている。

「傷はあまりないけど、足を動かすと痛くって」

鼻にかかった声が、志朗の耳をくすぐる。

志朗は智恵の前で膝をついて、パンプスを脱がせた。足首に腫れた様子はない。少し足を打ったのと擦り傷ぐらいだろう。

志朗の目は、ストッキングの裂け目からのぞく肌に吸い寄せられる。白くなめらかで、色香を放つ肌に誘われるように、志朗は太股《ふともも》を撫でていた。

「あん……」

智恵が玄関マットの上で仰向けになる。

志朗はハッとした。相手の怪我に乗じて太股を触るなんてことは、訴えられても仕方がない。志朗は邪念を振りきるように、頭を振った。

「す、すみませんっ、触ってしまって」

「いいの……男の人に触れられるのが久しぶりで、声が出ちゃった」

智恵が、足を開いた。ふわっと、興奮のアロマが香る。

「不思議。あなたがそばにいると、変な気持ちになっちゃう。あなたはどう？」

智恵がセーターに包まれた胸を上下させながら囁《ささや》いた。よく見ると、セーターの下にブラジャーをつけておらず、乳首がぷっくりふくらんでいるのがわかる。

志朗の股間も熱を持った。前に女性を抱いたのは、いつだったろう。

記憶のはるか彼方《かなた》――それほど昔だ。

「もし、同じ気持ちなら……私のストッキングを脱がせて……」

智恵がスカートをたくしあげて、太股とショーツをあらわにした。

たぷたぷとした太股は触り心地がよさそうだ。志朗は智恵の足の間に膝をついた。

(ストッキングを脱がせるってことは……)

期待がふくらむ。智恵の股間からひろがる発情の芳香が志朗を誘う。

ストッキングの股の部分も、その下のショーツも濡れて色が変わっている。

「脱がせるよりも、いいことをしましょう」

志朗はストッキングの股の部分に指をかけ、左右に破いた。

自分の大胆さに内心では怯《おび》えつつも指はなおも動き、穴をひろげていく。

「ああ……はうっ」

ストッキングを破かれた智恵は微笑《ほほえ》みを浮かべていた。

志朗が開けた穴の真下にある、ショーツの染みがジュワッと大きくなる。

興奮で蜜が溢《あふ》れたのだ。

「智恵さんの変な気持ちって、どういう感じですか」

志朗はショーツの色が変わった部分を中指で撫でながら、智恵に尋ねる。

「あそこが熱くて、キュンキュンしてるの」

智恵が喘《あえ》ぎながら言う。志朗は、ズボンと下着をおろした。

智恵の視線は脈打つペニスに釘づけになった。

「それが欲しい……ここで……してっ」

「げ、玄関でですか」

志朗はそう言ったあと、生唾を飲みこんだ。

「いいのっ、玄関でいいからしてっ」

智恵が足を大きく開いて、志朗へと手を伸ばした。

蠱惑《こわく》的にM字を描いた足の間から差し伸べられる手、その向こうにある潤んだ瞳に、上気した頬。智恵の熱い視線を浴びて、志朗の心は定まった。

「そこまでお望みなら……行きますよ」

頭の中では、いつもの志朗が、おいおいおい、玄関だぞ人妻だぞ、と慌てている。

しかし、欲望に駆られた志朗はその声を無視した。

志朗は智恵の足を自分の肩に乗せて開かせると、まる見えになった股間をのぞきこむ。濃厚なアロマが鼻をくすぐる。

ショーツの股部分は濡れて重たくなっていた。そこを指で脇に寄せると、黒い恥毛にふちどられたピンクの女裂が顔を出す。

ぐしょ濡れで、すぐにでも挿入できそうだ。

「いいんですね、これを挿《い》れて」

エラの張った亀頭を人妻の肉門に押し当てる。

「いいの、来てっ」

志朗は勃起を人妻のナカに進めていった。

(おお、これだ。俺はこれを……女体を求めていたんだ。智恵さんは硫黄泉に入ったばかりの体だからかナカもいい熱さだ。人妻でもまだ熟れきってない。それが初々しくて俺をそそる。俺をくるむ膣のうねりのよさ、これはたまらないぞ)

ふたりの肌は上気し、汗と淫らな香りを放っている。

智恵の蜜汁の匂いが混ざり、玄関は淫靡《いんび》な香りで満ちていく。

「おおうっ、いい、久しぶりのオチ×ポ、うれしいっ」

奥まで挿れていないのに、智恵は頭を振って悶《もだ》えている。

女壺の熱と潤みが志朗の欲望を煽《あお》る。

肉棒が膣道の半ばまでおさまったところで、ギュンと内奥が締まりを強くした。

「おお……智恵さんのナカがすごい。喜んでますよ」

奥へ奥へと進撃を続けると、それに合わせて濃厚な女蜜が溢れて秘所と志朗の肉幹を濡らす。カリ首が奥に到達し、子宮口に当たった。

「あおおっ、これ、これなのっ」

智恵が大きな声をあげてのけぞった。

志朗も智恵の熱にくるまれて、背すじに汗が浮いている。

若妻の初々しい締まりに鼓動は速くなり、体温があがった。

「気持ちよくて声が出ちゃう……変なの……ああ、ああん……」

薄化粧の智恵が、目のまわりを赤く染めて志朗を見つめている。

志朗は智恵と唇を重ねた。

ふたりの舌は、自然とからみ合った。

「むっ……ちゅ……むん……」

智恵は夢中で舌を動かしている。舌が互いの口内で唾液を分け合い、歯肉を愛撫《あいぶ》しあう。興奮で頭が沸騰しそうだ。

口でも睦《むつ》み合いながら、志朗は律動をはじめた。

「はむ……んっ……ひっ……ひうっ……」

抜き挿しをはじめると、智恵の蜜壺が淫靡な音を奏でた。

（おいおい……俺、はじめて会った人の玄関先でセックスしてるぞ……）

自分がしていることを信じられない思いで眺めている自分がいる。自分ではないなにかが自分を突き動かしているような、不思議な感覚が志朗を襲っていた。

しかし、味わっている快感は白昼夢ではなく、紛れもなく本物だ。

「志朗さん、じょ、上手っ……あんっ、奥が苦しいのっ」

「智恵さんもお上手ですよ。男を離さない動きに、かぐわしいあそこの匂い……酔ってしまいそうです」

浅く四度突いてから、子宮口を狙ってキツい一撃を放つ。

女体が、深い突きを受けた瞬間、大きく跳ねた。

正常位で交わる智恵の秘所から飛び散った蜜が玄関マットを濡らしていく。

「は、恥ずかしいっ、言わないでっ」

智恵が首まで朱に染めて照れている。

（おかしいぞ、俺はこんなふうに饒舌《じょうぜつ》じゃないし、セックスだって久しぶりなのに。

なのに、女なれした人みたいに振る舞っている……）

志朗は慌てているのだが、体と口は違った。

自信たっぷりに智恵に語りかけ、女泣かせのツボを狙った抜き挿しを続ける。

「私は本当のことしか言えないんです……智恵さん、本当に素晴らしい締まりだ」

志朗は智恵の腰の横に手を置いて、姿勢を固めるとラッシュをかけた。

水たまりを駆けまわるような湿った音が、玄関ホールに響く。

「うっ、あんっ、エッチしながら褒められたの、久しぶりなの」

智恵は泣いていた。快楽での涙を見て、志朗は愛《いと》しさの炎に包まれた。

この女《ひと》をもっと感じさせたい――。

その思いが強くなり、志朗は智恵のセーターをたくしあげた。

ポロンと大きな乳房がこぼれ出る。すぐさま、紅《あか》い乳頭に吸いついた。

「いい、気持ちいい、あそこも、おっぱいもっ、いいのっ」

志朗の首に、智恵が両手をまわして抱き寄せる。志朗は乳房に顔を埋《うず》め、ときに乳首を吸いながら、テンポよく抜き挿しを続ける。

熱い。ナカが温泉以上に熱い。久々に味わう女体の熱に、志朗も酔ってくる。

「イキそう……くう、ううっ」

智恵が顔を左右に振って呻《うめ》く。せつなげにひそめられた眉根が、艶っぽい。

志朗も、ハァハァと荒い息を吐きながら、背すじを走る射精欲を堪《こら》えた。

終わりを迎える前にひと突きでも多くと思い、歯を食いしばり、律動する。

「ダメ、おかしくなるっ、ダメ、ダメッ」

咥《くわ》えられたままの豊乳が伸びるのもかまわず、智恵が弓なりになる。

淫靡な眺めと新妻の締まりが志朗の我慢の糸を切った。

「志朗さん、イク、イックううう！」

「こっちもイク……智恵さん、おおお……」

志朗は、ドクッ、ドクッと肉筒を波打たせながら、智恵のナカに己の欲望を注ぎこんだ。

4

「お茶？　それともビール？」

シャワーを浴びた智恵が聞いてきた。

バスタオルを体に巻いただけの姿で冷蔵庫を開けている。

志朗はリビングで硬直し、滝のような汗をかいていた。

アイボリーを基調にしたリビングは、南に面した掃き出し窓から陽光が降り注ぎ、窓ぎわにある大きな観葉植物の葉を照らしている。

壁には大きな鏡がかけられて、部屋にひろがりを与えていた。

雑誌に出てきそうなおしゃれなインテリアの部屋だ。

陽光、緑、美しい新妻——すべてが揃《そろ》っているはずなのに、どこか寒々とした印象を受けるのが不思議だった。

志朗は、天板がガラス製で土台が籐《とう》でできたコーヒーテーブルの後ろに据えられたソファで、借りてきた猫のように座っていた。

「い、いいえ。私はこれで」

「そうおっしゃらないで。家まで自転車を押していただいたお礼」

玄関で情事などなかったような口ぶりに、志朗のほうが緊張する。

（なんだかわからない勢いであんなことになったけれど……これはまずいぞ……）

志朗は慌てて服をもとに戻したが、股間は女蜜で濡れたままだ。

ティッシュで情事の始末をする余裕すら失っていた。

それもそうだ。初対面の相手といきなり玄関先でセックスをしたのだから。

「お礼はたっぷりいただいたので、私はこれで帰ります」

情けないほどに声が震えている。志朗は立ちあがり、頭を下げて辞去しようとした。

「もうっ。そんな、つれないこと言わないでください。私、体に火がついちゃったんですよ。これじゃ蛇の生殺し」

智恵がバスタオルを開いて、足下に落とした。

掃き出し窓から入った陽光が、若妻の肢体を照らす。

Fカップはあろうかという乳房に、くびれたウエスト、張り出したヒップ。

若さも相まって、肌は光り輝いている。

「あの、その、不倫はよくないのでは……」

不倫上等という姿勢でツアー客と懇ろになるスタイルの先輩添乗員を思い出していた。先輩はやりすぎた。ツアー中に妻を寝とられた夫たちが団結し、営業所に怒鳴りこんできたのだ。大修羅場を展開したあと、民事で法廷闘争となった。

結局、その先輩は窓ぎわに送られ、会社を辞めた。自分もそうなったらまずい。

「不倫なんて、たいしたことない」

智恵が自信たっぷりに言った。しかし、表情はどことなく寂しげだ。

キッチンカウンターに置かれたグラスに、智恵がウイスキーを注ぐ。

それから、グラスをあおった。

「結婚したばかりなのに、旦那は出張ばっかりで最近レスなの」

「レス？」

「セックスレス。旦那は仕事が忙しいって言って。それで家にいるのは月の半分もないのよ。エッチもなし。出張って言うけど、私は浮気だと思ってる」

雑誌に出てきそうなおしゃれなインテリアに潜む、寒々としたものの正体がわかった。この部屋はすべてが揃っているけれど、新婚家庭らしいぬくもりがない。

夫の不在が、影を落としていたのだ。

「それはおつらいですね。お察しします」

苦情処理係で身につけた言葉がさらりと出る。

セックスレスもなにも、志朗は恋人がいないので、右手が恋人だ。

寂しさだったら、俺のほうが——と思ったが、なまじ人肌のあたたかさを知ったあとだと、寂しさは倍以上に感じるのかもしれない。

志朗が旅から離れざるをえなくなってから、旅を求めているように——。

「今日も旦那は出張らしいの。だから、泊まっていっても大丈夫よ」

智恵は夫の出張を浮気だと疑っているようだ。

欲情で色づいた頬が、アルコールでほんのり紅くなっている。

慰めが必要なのだろう。だが、志朗では力不足だ。先ほどのセックスは一種の熱病にかかったようなもので、本来の志朗とは違う。

（帰ろう。人妻といきなりエッチして、そのうえ泊まるなんて……）

志朗は智恵の申し出を断ろう口を開いた。

「では、お言葉に甘えて泊まっていきます。たっぷりあなたを楽しませますよ」

志朗は目をまるくした。そんなことを言うつもりはなかった。

なにかに操られているようで妙な気分だ。

「ふふ。うれしい。志朗さんはわかってくれると思った」

ソファに腰かける志朗のもとへ、ウイスキーを入れたグラスを持った智恵がやってきた。そして全裸のまま、志朗の膝の上に座る。

「今夜のお楽しみに乾杯」

智恵がグラスを掲げる。中身を口に含むと、志朗と唇を重ねた。

唇に液体が入ってくる。口内が、喉が、脳髄がカアッと熱くなる。

高い酒なのか安い酒なのかもわからない。しかし口うつしで飲ませられる酒は、いままで味わった酒の中でもっとも甘露で志朗を酔わせた。

「んふっ……ちゅ……じゅる……」

舌をからませ合ううちに、ズボンにおさめた肉幹がパンパンに張ってくる。

むちっとした智恵の太股と女体のアロマに刺激され、痛いくらいに勃起した。

「あん、元気なオチ×ポがお尻に当たってる」

智恵が豊臀《ほうでん》を左右に振った。その動きで亀頭がくすぐられ、さらに興奮する。

「ああ、いい、いいです」

「感じてるのね、かわいい」

智恵は酔いも手伝っているのか、先ほどよりも勢いがある。

志朗のシャツを脱がせた。

「ああん、もうこんなに汗をかいて」

新妻が志朗の胸に頬を当てて、感触を楽しんでいる。志朗の鼓動が高鳴り、体温があがる。志朗の肌を汗が流れ——智恵の頬を濡らした。

智恵の瞳が、誘うようにこちらを見あげていた。

（うわ……色っぽい）

蠱惑的な視線のせいで、志朗の猛《たけ》りは限界近くになっている。

「あらら、苦しそう。自由にしてあげる」

智恵がベルトをはずして、ファスナーを下ろす。肉幹に押しあげられ、ファスナーはジェットコースターのように急角度で上を向いていた。平常時であれば、なんなく下りるファスナーが、スムーズに動かない。

「うふふ、さっきより大きくなってるじゃない」

智恵はうれしそうだ。ついに、ファスナーが下がり、肉根が顔を出す。

「ひゃんっ、とっても元気でおいしそう」

智恵が志朗の下着をおろすと、男根を濡れた唇で咥えた。

「はむ……ちゅる……ちゅるるる」

かわいらしい言葉のあとに、いやらしい音をたてて智恵は肉幹を吸う。

「お、おお……」

薄茶色の髪が、志朗の股間で上下する。

口腔《こうこう》でくるまれる温かさは湯の中にいるようだ。

吸引されるたび、亀頭にビリビリと快感が走る。

(うまい……)

智恵は口もとをほころばせて吸いついている。

熱い唇で根元を締められると、亀頭から先走りが湧き出る。すると、智恵の舌がすぐにそれを拭《ぬぐ》った。舌で切っ先をくすぐられ、先走りがまた湧く。
志朗は舌で舐《な》められるたびに腰を動かし、智恵の口内を突きあげた。
「ふむ、ふっ、ふっ、ふぅんっ」
智恵が鼻腔から出す熱い息が、志朗の陰毛を揺らす。
息が肌を撫でる感触で、背すじに愉悦が走る。
志朗は我慢できなくなり、智恵の頭を抱えた。
「智恵さん、本当にフェラが上手だ……」
快感で半開きになった唇から、涎《よだれ》が垂れそうだ。
智恵も、志朗も、本能のまま腰と頭を動かし、快感に溺れていた。
新妻の唇から漏れる淫靡な音も、巧みな舌遣いもたまらない。
(やばい、口の中に出る……)
汗が志朗の額を濡らす。放出の予感で、さらに汗が噴き出す。
智恵は、カポッ、ジュビッと音をたててペニスを吸うことに没頭していた。
口もいいが、出すならやはり女体――。
志朗は智恵の頭を抱えあげて、肉棒を自由にする。
「あん……ん……」

もの足りなさそうな智恵の顎を上向かせると、志朗は唇を重ねた。

柔らかな白乳がつぶれるほど強く抱きしめ、そのまま己の腰の上をまたがせる。

「出すなら、智恵さんのナカがいい」

「今日は大丈夫な日だから、いっぱいナカに出してっ」

智恵が哀しげな笑みを見せた。

見知らぬ男との逢瀬《おうせ》を楽しみながら、自分が浮気されている嘆きが垣間見えた。

「旦那を忘れさせるくらい抱いてっ」

智恵が志朗と唇を重ねる。今度のキスは、先ほどのより情熱的だった。

志朗は智恵の腰に左手をまわし、位置を調整する。右手で肉幹の根元を持ち、上向けた。切っ先が、新妻の濡れた壺《つぼ》に当たる。そこでグイッと腰を突き出した。

淫らな音をたてて、男根が新妻の最奥に呑《の》みこまれていく。

「あんっ……いいっ」

陰毛と陰毛が擦《こす》れ合うほど深く結合したところで、智恵が叫び声をあげた。

たわわな白乳が揺れ、乳首が志朗の胸に触れた。

乳房も、引きしまったウエストも、快楽の汗でくまなく濡れている。

「俺も先っぽが奥に当たって、気持ちいいっ」

女性上位でつながったので、子宮口への当たりが正常位のときより強い。

亀頭をくるむ肉ざぶとんの感触に、志朗は恍惚《こうこつ》とした。

じわじわひろがる快感を智恵も味わっているようだ。

「ああんっ、ナカが押しあげられて、またよくなっちゃう」

智恵の目尻が下がっていた。

泣き出してしまいそうな、そんな困り顔だ。

（かわいい……もっと困らせたくなる……）

志朗は智恵の腰を抱えて、上下動をはじめた。最初はゆっくりとしたリズムで。

突きあげるたびに、志朗の脳髄に快感が走る。

智恵は、リズムに合わせながら腰を動かし、悩ましげな吐息をついている。

「もっと……」

志朗の首に手をまわした智恵がせがんできた。尻がクイクイと前後に動いている。

「もっと、どうしてほしいんですか」

志朗は白乳を揉みあげ、首すじに吐息をかけながら囁く。

「言わせないで……もうっ」

泣き笑いの顔になった。

「俺よりエッチに詳しそうなのに、言えないなんて、かわいいな」

耳たぶをくすぐるように唇を寄せ、智恵に告げた。

熱い息で性感帯の耳たぶを刺激され、新妻の背すじが震える。

それに呼応するように、内奥も締まりが強くなる。

「もの欲しそうにヒクついちゃって……教えてくださいよ、どうしてほしいか」

「ああん……ああん……」

智恵は腰をグラインドさせた。グチュチュッと濡れた音が股間からたつ。

女のアロマもむせ返るほどに濃くなった。

智恵は、愉悦で蕩《とろ》けた顔を志朗に向けて口を開いた。

「お願い、オマ×コが揺れちゃうぐらい突いてっ」

志朗は智恵の子宮口に亀頭を押しつけたまま、ピストンを繰り出した。

卑猥《ひわい》な音が新婚のリビングにこだまし、そこに新妻のあえぎ声が重なる。

「ああ、そこ、そこなのっ、奥が好き、大好きぃっ」

つきたての餅《もち》のような白臀を上下させ、智恵が快楽に悶える。

燃えあがった女体は男を求めていた。内奥がうねり、奥に導くように蠕動《ぜんどう》する。

ペニスの裏スジを波打つ柔肉で刺激され、志朗も声を漏らした。

「おお、いいオマ×コだ、食いついてきますよっ」

「志朗さんのオチ×ポがおいしいからなの、ああっ、ああんっ、出ちゃうっ」

ビシュ、ビシュッと蜜潮がソファに降り注ぐ。

湯気がたちそうな温気《うんき》と濃厚な匂い。

リビングは智恵夫妻の生活空間から、愉悦を貪る淫らな空間に変わっていた。

（潮を噴くくらい、旦那さんにエッチを開発されていたんだ……）

智恵の夫婦生活を垣間見た背徳感で、志朗の興奮は大きくなるばかりだ。

それが律動につながり、突きあげのピッチにつながる。

「おふっ、あふっ、ふっ、ふうっ……」

新妻の眉尻がさがり、声も切れぎれとなる。

「どこがいいんですか。ここ？」

志朗は結合の角度を少しずらした。尿道側を擦るようにピストンを続ける。

ざらついた肉壁がペニスに当たり、志朗の額に汗が浮いた。

「そこぉっ……あん、そこが好きなのっ」

智恵が志朗の首を抱きしめ、唇を唇に押し当ててきた。

舌がすぐに口内に入りこみ、唾液とともに志朗の舌を搦《から》め捕る。

「んぐっ……ぐっ……むううっ……」

激しいキスをしたまま、志朗は嵐のような連打を繰り出した。

ブルブルと尻が震えるほどの突きあげを食らい、智恵が嬌声《きようせい》をあげる。

キスしたままなので、喘ぎ声は志朗の口内に呑みこまれた。

「ふひ、ひっ……」

智恵は体を汗でたっぷり濡らしていた。志朗の手がぬめり、滑るほどだ。

濡れているのは肢体だけではなく、結合部もだった。股間から愛液が潮のように噴き出し、志朗の腰と太股、そしてソファを湿らせている。

「つゆだくだ……ぐちょぐちょで」

唇をはずしてそう囁くと、智恵が頭を振った。

「いやっ、言わないで、そんなエッチな体じゃないの」

「こんなに愛液を出してるのに？」

智恵は、ふだんの夫婦生活でもっとハードに突かれていたのだろうか。なぜか、嫉妬心めいたものが燃えあがる。

浮気相手が夫に嫉妬するのはおかしな話だが――。

（でも、智恵さんの体に火をつけておいて、放っておくなんてひどい夫だ）

志朗に抱かれながら見せる智恵の戸惑いと哀しみから、セックスレスの理由が夫の浮気であろうことは予想がついた。

(俺に抱かれている、いまだけでも幸せになってほしい……)

突きあげの振幅を大きくする。

ジュバ、ジュバッと音をたてて、秘所から愛液が飛び散る。

「ひっ、ひっ、すごいっ」

智恵が髪を振り乱して喘ぐ。

汗で頬に張りついた髪が艶《なま》めかしさをきわだたせる。

垂れ目が快感で切迫して、さらに下がっているのがいやらしい。

「なんて表情で抱かれるんだ……おかげで腰が止まらない」

ズンズンッと重い音を響かせながら内奥を突きあげる。

智恵は、ひ、ひっ、と呻きながら、豊臀をバウンドさせていた。

熱い愛液が志朗の腰を濡らし、淫らな匂いをふりまいている。

「こんなに激しくされたの久しぶりなんだものっ、オマ×コが、へ、変に……」

若妻の背すじが大きくのけぞった。テーブルに頭をぶつけないように、志朗が背に手をまわすと、背すじは汗でぬめっていた。

「変なのはオマ×コだけじゃないでしょ……体中で感じて……いやらしいな」

「ああん、そうなの、智恵はエッチなのっ、もっと、もっとしてっ」

ギュンっと膣道が圧迫を強めた。精が欲しいと言わんばかりの締めつけだ。

ここまで求められたら止まれない。

志朗は結合したまま立ちあがった。

亀頭が子宮口に食いこみ、愉悦が脳髄ではじける。

「おほうっ」

智恵が喉を震わせ、叫び声をあげる。

志朗はつながったまま歩き、智恵の背を壁にある鏡に預けた。

「やんっ、冷たいっ」

志朗の首に、智恵が手をまわす。

その手を志朗はほどくと、智恵を立たせて肉棒を抜いた。

「あ、いやああ……」

絶頂まであとひと息というところでお預けをくらった智恵が、哀しげに喘いだ。

志朗は智恵を鏡のほうへ向かせ、尻を突き出させると――背後からズブッと挿入した。

「ひゃうっ……」

智恵の額から汗が散り、鏡に水滴をつける。

「ほら、見て」

志朗は鏡にいるふたりを見つめていた。

汗で濡れた髪を前後に揺らしながら、貫かれる智恵。ぽってりとした唇は悦楽で開き、光っている。その上にある大きな瞳は愉悦で潤んでいた。

「あんっ、こんなエッチな姿を見たら感じちゃううっ、ダメ、ダメッ」

智恵が顔を背ける。しかし、言葉とは裏腹に、内奥の締まりは増していた。

（うおおお、締められたらすぐに出ちゃうぞ）

志朗の全身も汗で濡れている。

亀頭の先からは我慢汁が、全身からは忍耐の汗がにじんでいる。

「鏡を見ながらイッてみてくださいよ」

「え、あん、そんな恥ずかしいこと、無理、無理、あ、ああああっ」

志朗は鏡越しに智恵の狂おしく乱れる姿を見つめながら、律動を繰り出した。

子宮口とGスポットを擦りながらの動きに、智恵のバストが大きく揺れる。

たぷたぷという乳房の音と、パンパンという律動の音が重なる。

「いい、いいわっ」

智恵は鏡に顔を押しつけて、ヒイヒイ叫んだ。

開いた足の間には、ポタポタと愛液の雫《しずく》が落ちて、床を塗らしている。

「ああ、こっちもいいっ」

鏡を見ながらの倒錯したプレイで智恵の欲情が燃えあがったように、志朗もまたかつてない興奮に襲われていた。

尻にえくぼが浮くほど激しく律動し、若妻を突きあげる。

「くう、はんっ、あううっ、い、いい、イクウウッ」

智恵が痙攣《けいれん》する。結合部からはブシュッと音をたてて蜜が噴き出た。

壮絶に果てた智恵の様子を見て、志朗もまた限界を迎えていた。

「ほら、ほらっ、いまナカに出しますよっ」

ドクドクッ!

興奮を物語るように、肉筒から大量の精液がほとばしった。

「あおおお、おおおおおっ、すごく、いっぱいなのぉっ」

若妻は、膣内にたっぷり射精をされる自分を鏡越しに眺めながら達した。

5

健康的な夕飯だった。

焼き魚に野菜たっぷりの汁物、酢の物、揚げナスの煮浸し。

ふだんはコンビニ弁当か、定食屋で揚げもの中心の定食しか食べていない志朗にとって、ありがたいものだった。

「お口に合うかしら」

「おいしいです、本当に。ささっとおかずを作れちゃうって、すごいですよ」

「揚げナスは作りおきだし、酢の物も、汁物も簡単だから、そんなに褒めないで」

「そうは言っても、本当にうまいです」

「うれしい」

志朗は二度のセックスあととあって食欲旺盛だ。

ワンピースの上にエプロンをつけた智恵は、おかずをつまみにして飲んでいる。

「こうして、誰かと夕ご飯を食べるのも久しぶりなの」

智恵がグラスをあおると、氷が涼しげな音をたてた。

「恋愛結婚して、彼の親に家を買ってもらって……あとは子供だけ……すべてを手に入れた気分だったのに、気づいたらなにもない」

「これからじゃないですか」

志朗はは閑職に追いやられ、独身、彼女なし。

どちらが人生のどんづまりにいるかと聞かれたら、誰もが志朗と言うだろう。

「ほかから見ればね。でも、私は焦ってる。本当は子供が欲しいのに、彼が子作りから逃げて、浮気してるんだもの」

志朗は夕食を平らげたので、麦茶をひと息に飲んだ。

智恵の寂しさもわかる。そして、智恵の夫の惑いも理解できる。

志朗も、いつかは子供が欲しい。しかし、子育ては責任を伴う。その大きな責任の前に躊躇《ちゆうちよ》してしまう男の気持ちがほんの少しわかるような気がする。

「……ご主人は真面目なかたなんですね」

「子作りが怖くて逃げるような男が？　新婚旅行のあと、生理が遅れたとたんに真っ青になって、それからいっしょに寝てくれないの。小心者なのよ」

志朗はリビングを見まわした。

テレビボードの脇にある棚には、結婚式の写真や、交際中のふたりの写真が飾られていた。ふたりは幸せそうにカメラを見つめている。

「小心者だったら……浮気できますかね」

そう呟《つぶや》くと、智恵が驚いた様子で志朗を見た。

「ご主人は智恵さんとの生活を真面目に考えているから、怖くなったのかもしれませんね。子供ができたら、素敵な奥さんを独占できなくなるから」

女性として脂の乗りはじめた智恵を見ていると、智恵の夫がおそれているのも理解できる気がした。このまま艶《あで》やかに花開いたら、さぞかし美しく、魅惑的になるだろう。そんな妻を、智恵の夫は見つめていたいのではないだろうか。

「私が素敵……お上手ね」

「素敵ですよ。許されるなら、あなたをさらって逃げてしまいたいほど魅力的です」

またしても、志朗らしくない言葉がサラサラ溢れる。志朗は言ってから驚いた。

(どうなってるんだ、本当に。幽霊にでもとりつかれたのか、俺は)

智恵は志朗の言葉を聞いたとたん、床についていた片足を椅子の座面にあげて、スカートをまくった。

(おお……)

智恵は下着をはいていなかった。

黒い叢《くさむら》の間から、ピンク色の花弁がのぞいている。その花弁から、白と透明な体液が垂れ、太股を伝っていく。

「私が誤解してたのかも……彼は本当に仕事や出張で、浮気は誤解なのかも……」

そう言いながら、智恵は指を蜜穴に挿れていた。

「不思議ね。あなたを見ているとエッチな気分になる。あなたの言葉を聞いていると、男心がわかるような気がしてくる」

ニュチュ、と卑猥な音をたてながら、指を上下させている。

夕食の匂いに、愛欲の淫蕩《いんとう》な匂いが混ざる。淫欲が沸きあがる。

「あなたと旦那様が子作りできるよう、微力ながらお手伝いしますよ」

志朗は立ちあがると、自慰にふける若妻を抱きあげた。

「あんっ」

内奥で指が跳ね、また感じたらしい。腕の中で智恵が震える。

かわいらしい感じかたに、志朗は頬をゆるませた。

「お、お手伝いって……」

「ご主人をどう誘うかをお教えします。ベッドルームはどこですか」

夫婦の寝室に入ると、志朗は智恵をベッドに横たえた。

「智恵さんは寂しさを伝えていますか……私にしたように」

若妻の髪をかきあげ、頬を指の背で撫でながら囁く。

(夫婦の寝室で妻を寝とるのはダメだろ、さすがに……)

志朗は戸惑いながら、この状況に興奮もしていた。

「先ほどのあなたの寂しげな姿……可憐《かれん》で、たおやかでした……あんなふうにおっしゃってごらんなさい。匂わせる程度でいいのです……男はそんな風情に弱いから」

志朗は智恵の服をやさしくはぎとった。

白い肢体が現れ、その姿に志朗は誰かの面影を重ねていた。

後ろから智恵の乳房をじっくり揉みながら、志朗は誰と重ねているのか思い出そうとした。

「ああん、いい」

愛撫を受けて、智恵の声が大きくなった。

夫婦のベッドには、智恵の陰唇から漏れ出た愛欲のカクテルがしたたる。

志朗は思い出すのをやめた。いまは智恵を感じさせたい。

「もの足りないの……もっと気持ちいいところ触って」

智恵が腰をうねらせ、鼻声で呟いた。

「そう、いいですよ。ご主人に伝えたいことを言ってごらんなさい」

「私もそうなの……同じよ……だから……だから……」

智恵がすすり泣いた。

「あなたといっしょなら……怖くないの……だから、怖がらないで」

ここにいない夫に、ようやく智恵は本心を伝えることができたようだ。

言葉を発したとたん、頬を涙が伝う。

「いまのようにおっしゃってください。ご主人にも伝わりますよ」

志朗は智恵にご褒美を与えるように、やさしく唇を重ねた。チュッ、チュッと軽くついばむようなキスをしてから、舌をぬるっと口腔に侵入させる。

心のわだかまりが解消できた智恵は、さらに積極的になった。

「さっきまでのエッチは欲求不満の解消。今度のエッチは……お礼のエッチよ」

熱い吐息が志朗の肌をくすぐった。

智恵が体を反転させると、頭を志朗の股間へ近づけていく。そして、たぷっとした乳房でいきりたったペニスを挟むと——。

「おうう、おおおお、これは……」

パイズリだ。ほわほわと柔らかい感触に包まれ、肉筒が歓喜している。膣肉にくるまれる愉悦とは違う快感が志朗の背すじを駆ける。

たっぷりした白乳の狭間《はざま》から、赤黒い切っ先がチラチラ顔を出すのがいやらしい。

「オチ×チンの先が濡れて、かわいい」

人妻はOの字に口を開いて、亀頭を含んだ。

「はむっ、むっ……むっ……」

頭を上下させ、切っ先を咥える。亀頭の先をすぼめた唇でついばみながら、智恵は悩ましげな視線を志朗に送る。

(うおおお……エロい……人妻ってこんなにエロいのか)

股間と本能を直撃する色気に、志朗は我慢できなくなっていた。

「奥さん、欲しいでしょう、俺のが」

志朗の言葉に、智恵がうなずく。

仰向けになり、足を大きく開いたのだが――。

「今度は違う体位で楽しみましょう」

志朗は智恵を誘い、ベッドの脇に立たせた。そして、そのまま前屈させ、ベッドに手をつかせる。

大ぶりの白臀と、その中央に鎮座する肉花、愛液で濡れ光る黒の叢がまる見えだ。

淫らな眺めは口淫とパイズリでいきりたったペニスをさらに昂《たかぶ》らせた。

「あ……おおおお……太いのが来るっ、ああんっ」

欲情でミチミチになった亀頭を淫唇で咥えた智恵が、ため息を漏らす。

「さっきより大きくなってるの、オマ×コの形が変わっちゃうのっ」

あられもないことを言いながら、若妻が乱れる。

上からスタンプを押すように抜き挿しすると、結合部からは透明な蜜汁がしとどにあふれ出た。

「オマ×コの形が変わらないように、しっかり締めるんですよ。そうじゃないと、ご主人に浮気したのがバレてしまいますからね。それに、ご主人も締まりのよくなったあなたと寝たら、喜ぶと思いませんか」

夫婦生活の指南をしながら、その妻を寝とっている状況に志朗は興奮してしまう。

「思うわ。だから、締めるっ、うう、くううっ」

グググ……。

肉幹に心地よい刺激が来た。尿道からカウパーが噴き出す。

「ご主人が大好きだから寂しかったんですね……でも、それももう今日で終わりですよ。これからは、きっとうまくいきます」

（なにを自信たっぷりに言ってるんだ、俺は。モテまくって女をたくさん知っているような口ぶりじゃないか。ふだんの俺とは正反対だ……これはいったいなんなんだ）

志朗の戸惑いに気づかない智恵は微笑んだ。

「うれしいっ。ねえ、もっと突いてっ、私が自信を持てるように」

智恵が汗まみれの尻を撫でながら、志朗を誘う。

頭で体を支えて、律動を受ける智恵の髪が、ベッドにさざ波を打ちながらひろがっていく様子が色っぽくて、いやらしい。

志朗は若妻の白臀を抱えると、律動のピッチをあげた。

「おほ、ほおおっ、この体位、すごいっ、深くて奥まで来るのっ」

子宮口に亀頭が強く当たっていた。

揺れる白臀がヒクつき、智恵が味わっている快感を伝えてくる。

「奥さん、締まりがまたよくなってますよ。お尻も震えて、いやらしいな」

志朗が汗まみれの白臀を撫でながら、臀部を左右にくつろげた。

「あ、ひろがっちゃうっ」

顔をベッドに押しつけて喘ぎながら、智恵は尻を震わせた。

ビクッ、ビクッと快感の波が若妻の肢体を走るたび、肉襞が締まりを強め、痺《しび》れるような愉悦が志朗に襲いかかる。

「あん、ん、こんなにいいセックス、はじめてっ」

智恵は狂乱の体で叫ぶ。

志朗も、射精前のピッチで若妻を貫きつづける。夫婦のベッドは、智恵がこぼした愛液で濡れ、シーツの色が変わっている。

むせ返るような愛液の匂いを鼻腔で味わいながら、志朗は終局へと向かう。

「おお、ああ、いいっ、もうダメ、イクうううう！」

肉筒が精を求めるように蠕動した。

ドクンッ、ドクッ！

若妻の内奥で肉棒が爆《は》ぜ、欲望を吐き出した。

汗まみれになったふたりは、ベッドの上に横たわり、肩で息をする。

「キスして休んだら……夫をベッドに誘う方法をもっと教えてほしいの」

智恵が潤んだ瞳を向け、淫蕩に微笑んだ。

志朗の肉棒は、白濁を注いだばかりなのに復活した。

「喜んで」

志朗は智恵を抱き寄せた。

第二章　乱れる人妻Gカップ乳

1

都心にも、探せば温泉はあるものだ。

今日、志朗は巣鴨《すがも》の源泉かけ流しの日帰り温泉に来ていた。

こちらは最近できた施設らしく、どこもかしこも新しくてきれいだ。

(近場で温泉を味わいたい人が多いんだな)

昨今は閉業する銭湯が多いなか、サウナをウリにするか、ここのように泉質にこだわることでほかの店との違いをきわだたせ、生き残りをはかる店が出てきた。

首都圏の温泉は黒湯がメインだが、ここは無色透明で浴槽に注がれると琥珀《こはく》色に変わる湯だ。個性ある湯と露天風呂を楽しんだ志朗は、内湯に戻って体を温めた。

(しかし、この間のあれはいったいなんだったんだ……)

内湯から外を眺めながら、志朗は首をかしげた。

温泉帰りの一夜の恋、で片づけていいのだろうか。

(モテない俺が、女性の悩みにアドバイスをするなんて)

前回、日帰り温泉のあとに人妻の智恵と出会い、志朗は一夜をともにした。

温泉に入ってリフレッシュするはずが、セックスのしすぎで腰が疲れてしまい、翌日は仕事にならず、上司から怒られた。

(そもそも俺は、恋愛経験だって少ないのに)

あの日、志朗は智恵の前で恋愛マスターのように振る舞い、夫婦生活の悩みを聞いた。後日、智恵から連絡が来た。

智恵は夫と腰を据えて話をしたらしい。すると、夫が子育てに不安があると打ち明けたそうだ。智恵がそばにいたら抱かずにはいられないので、残業と言って顔を合わせることから逃げまわっていたらしい。浮気は智恵の誤解だった。

とんだ臆病な夫だが、新妻が愛しくて仕方がないのだろう。智恵を独占し、もう少し甘い時間をふたりで過ごしたいと考えるのも理解できた。

ともあれ、夫婦の悩みは解消され、いまは円満なようだ。

智恵からは、それ以来、連絡は来なくなった。

一夜を過ごしたあとから智恵との距離は開いていた。朝、志朗がシャワーを浴びたとたん、智恵は熱病から覚めたようになり、さっさと帰るように促してきたのだ。

(朝になって顔を見たらガッカリされたのか……)

魔法が解けたシンデレラはこんな心境だったのだろう。

たとえ話ではなく、本当にそう思えるほど、夜と朝では態度が違ったのだ。

(まあ、ひとときでもいい思いができたし、万事まるく収まったんだし)

しかし、心の中を一陣の風が吹いていた。なんだろう、この寂しさは。

(なにかが欠けてるような気がするんだよな)

考えてもしょうがないと割りきって、志朗は頭を切りかえた。

風呂から出て着がえると、壁にかけてある温泉の成分表を見た。

成分表によると、塩化物泉らしい。城崎《きのさき》温泉に近い系統の湯なのだろう——。

と思うと、また旅が恋しくなった。

添乗員から苦情処理係になったのは、上客の案内中にヘマをしたからだ。しかも、ひとつ間違えば客に怪我をさせるような不始末をしてしまった。添乗員が天職と思っていただけに、そんなヘマをした自分がふがいない。

自分が悪いとわかっていても――添乗員の仕事に戻りたい。

そして――女体が恋しい。

(俺はいま猛烈に……抱きたい、俺の心をかきたてるあの女性《ひと》を)

股間がみなぎるのを感じる。なぜか本郷高子の面影が脳裏をよぎる。

高子夫人とは身分も違うし、もう二度と会えないだろう。なのに、欲望は強烈だ。

不埒《ふらち》なふくらみを見られないように体をかがめ、股間を荷物で隠す。

駅前のネットカフェでAVをネタに抜いて帰ろう、そんなことを思いながら志朗は男湯の暖簾《のれん》をくぐってロビーに出た。

(ん……)

視線を感じる。主に女性からの視線だ。

風呂あがりに髪を乾かしただけ、そのうえ休日なので、今日はジャージの上にジャンパーを羽織っているだけの野暮ったい格好だ。

しかし――。

すれ違う女性や、休憩所にいる女性がやたらと自分を見ているような気がする。

(いやいや、気のせいだ)

そう思うのだが、食事処に座ると、近くに女性が寄ってくる。

(いったい、これは……)

智恵と過ごした熱い夜を思い出す。だが、あれは運よく亭主にバレなかっただけで、また誘いに乗ってうまくいくとは思えない。

厄介ごとに巻きこまれる前に帰ろう——志朗はそう考え、立ちあがった。

「あらっ」

そこでトレーナー姿の女性とぶつかってしまった。

女性の手からビールがこぼれ、トレーナーにかかる。

ふたりの目が合った。

女性は化粧っ気がなく、トレーナーにジーンズというふだん着姿だが、ほっそりとした顎と、その上にある切れ長の目からは色香が漂っている。ダボダボのトレーナーで上半身が隠れていても、胸の大きさは隠せない。かなりの巨乳だ。

志朗の本能がこの女性を抱きたいと告げている。

(ああ、素敵な人なのに……俺と来たらまた出会いを台なしにしてしまった)

それほど眩《まぶ》しく見えた。

「すみませんっ、ビールは弁償します。洋服が濡れているから拭かないと……」

頭を下げてから、志朗は布巾を探した。

「いいの、不注意なのは私もだから。気になさらないで」

まさか好意的な返事が来るとは思わなかった。

心拍数があがる。

「せっかくのご縁だから……よければ一杯飲みませんか」

志朗は勇気を出して誘ってみる。

「そうですね、じゃあ、おごってもらおうかしら」

女性がふっと微笑んだ。

2

食事処でしばらく飲んだあと、志朗は礼子《れいこ》とともに日帰り温泉をあとにした。礼子が次は部屋で飲みましょう、と自分が宿泊するホテルに志朗を誘った。

(いきなりホテルとは。前回といい、どうなっているんだ)

志朗が食事処でぶつかった女性は、土岐《とき》礼子と名乗った。

礼子は肩より下くらいの黒髪と、切れ長の目からクールさが漂っていた。

彼女は仙台《せんだい》在住だが、東京への長期出張がたびたびあると話した。東京に滞在しているとき、疲れがたまると日帰り温泉で疲れを癒すのだという。

タクシーが止まったのは、東京駅そばのホテルだった。

しかも、高級ホテルの部類に入るところだ。

顔色を変える志朗をよそに、礼子はフロントでキーを受けとり、部屋に向かった。

ラグジュアリーな雰囲気のエレベーターに、化粧っ気なくトレーナー姿で乗っていても、礼子は堂々としている。

「どうぞ」

そう言って、礼子が案内した部屋は広く、見晴らしがよかった。

(人妻と一夜をともにするには最高の部屋だ……)

部屋に通したということは、そういう意味だろう。

(いや、待て。人妻と一夜をともにするには最高って、俺はなにを考えているんだ)

礼子の薬指には指輪があった。紛れもなく結婚指輪だ。

以前の志朗なら「人妻=不倫=あとが大変」という思考回路により、人妻は避けていたのに、いまは人妻との逢瀬を愉《たの》しんでいる。

(業平の湯に落ちてから、なにか変だ)

志朗は自分の変化に戸惑い、こめかみを揉んだ。

礼子も礼子だ。

日帰り温泉で出会った男をいきなりホテルの部屋に連れこむなんて不用心だし、ありえないではないか。うまくいきすぎていて、落とし穴が待っていそうだ。

志朗は、サプライズ動画の素材にされているのでは、と思わず部屋を見まわした。

「そんなにホテルが珍しい？　冷蔵庫から飲み物をとって。さ、飲みましょ」

礼子は落ちついていた。

志朗より一歳下の三十歳。だが、同年代とは思えない余裕がある。

大手建設会社の東北支社に勤務していて、いまは大規模再開発プロジェクトのメンバーとして月の半分は上京しているそうだ。

「いつもはビジネスホテルなんだけど、休みのときはちょっといいホテルに移って、羽を伸ばすのが楽しみなの。ホテルのエステでマッサージとかね。私、肩こりがひどいから。それでも疲れがとれないときは日帰り温泉に行くの」

と、礼子は言いながら、クローゼットを開けた。

「今日は温泉で肩こりはだいぶ楽になったんだけど……もうひと息なのよね。それを志朗さんにお手伝いしてもらおうと思って」

礼子がニコッと笑う。

志朗は冷蔵庫からとったミネラルウォーターで、渇いた喉を潤した。

（……誘われてるのだろうか。まさか……俺が？　本当に？）

前回に続いての急展開についていけない。

いままでは、女性から誘われなかったのに――この間の一件といい、なにが起こっているのだ。日帰り温泉の食事処ではビールをジョッキ二杯飲んだだけなのに、酔いのせいか、状況のせいか、クラクラする。

（話がうまくいきすぎだ。トラブルにあったら困るから帰ろう）

据え膳食わぬは男の恥、というが、据え膳と勘違いして大恥をかくほうが怖い。

股間は相変わらず脈打っている。それは家に帰ってから右手で処理するなり、方法はある。いまはこの部屋を出るのが先決だ。安全第一。君子危うきに近寄らずだ。

「体がビールくさいから、シャワーを浴びるわね。帰っちゃダメよ」

礼子が見透かしたように釘《くぎ》を刺した。

「は、はい。帰らないで待ってます」

礼子がバスルームに入ると、志朗は力が抜けてベッドに座りこんだ。

ミネラルウォーターを持つ手が震えている。

（そうだ。俺が無害な男だと思ったから、部屋で一杯飲もうと誘ったんだ）

男女の関係目的ではなく、酒での憂さばらしが目的だと考えると、志朗も落ちついてきた。

前回の件が異例だっただけで、志朗が美女から誘惑されるはずがないのだ——。

「お待たせ」

シャワーから出てきた礼子を見て、志朗は呆然《ぼうぜん》とした。

礼子は、膝丈のスリップをまとっていた。孔雀《くじゃく》の羽のような鮮やかなグリーンのスリップが光沢を放ちながら、大きな胸、ウエストのくびれ、張り出したヒップの理想的なカーブを描く肢体にフィットしている。

Vの字になった胸もとからは、深い胸の谷間がのぞいていた。

ぶかぶかのトレーナーを着ていたのは、胸の大きさを隠すためだったようだ。

男の夢のような豊乳を前にして、志朗の股間は痛いほどに勃起していた。

口もとにはローズ色のリップが塗られており、色の白い礼子によく似合っている。

それもまた志朗の好みで、ますますペニスの反りがキツくなる。

「え、あ、えぇ？」

志朗は奇声を発していた。

唐突な展開に、またしてもついていけない。

「大きいからみんな驚くのよ。Ｇカップを見ると、みんなその反応なの」

礼子は志朗の驚きを、自分の豊かな胸を目《ま》の当たりにしたからと誤解した。

「いや、俺はそんなつもりでは……」

「もう、とぼけちゃって。飲みながら、女心をくすぐってきたの、あなたでしょ」

礼子が口の端をあげた。蠱惑的な微笑みだ。

「お、俺がですか？」

志朗は自分の顔を指さした。それくらい信じられない話だ。

「そう。あなた、日帰り銭湯で口説くなんて、本当に度胸あるのね」

志朗の膝の上に礼子が座る。そして、志朗の唇にチュッと口づけた。

「哀しい目をしているのは寂しいから、だなんて歯が浮くようなことを言って。でも、許せちゃった。あなたって不思議な人ね」

（哀しい目をしているのは寂しいから、だって？　俺がそんなことを……）

志朗は自分が言ったとは思えぬキザな言葉を聞いて、恥ずかしさで身もだえしそうになる。それとともに、自分が自分でないような感覚に恐ろしさも覚えていた。

視線を感じて顔をあげると、切れ長の目が志朗を見つめている。礼子の黒い瞳は落ちついた雰囲気を放っているが、その奥に深い哀しみが潜んでいるように感じた。そういえば、日帰り温泉の食事処で飲んでいたとき、礼子は互いの忙しさのせいで夫婦仲がうまくいっていないとこぼしていた。

「短い時間にでも会えれば、言葉だけでなく、体だって交わせるでしょうに、あなたに寂しい思いをさせるとは、罪な旦那さんだって、あなたが言っていたじゃない」

志朗は礼子を抱きしめた。

「ええ、忘れてました。言葉と体を交わすのが大事だとお伝えしましたね」

(……って、おいおい。誰だ、おまえ。いや、俺？　どうなっているんだ)

志朗は自分らしくな言葉を放ったことに、思いきり困惑している。

「そうなの。夫はわかってないの。エッチできなくなってから、私、肩のコリがひどくなって……きっと体が冷えるせいね、寂しさで」

礼子が体をくねらせた。

そして、顔をあげて志朗に口づける。

長いキスだった。その間にも肉幹への血流が増し、股間が大きく盛りあがる。

「だから、たまに夫以外の男に抱かれて、コリをほぐすの。いけない人妻よね」

礼子が、慣れた手つきでペニスをくるんだ。

「俺でよければ喜んで。寂しさで心が硬くなると、血のめぐりが滞りますからね。美しいあなたが寂しさで苦しんでいるのはもったいないことです」

(だ、誰……誰なんだ……って、俺か……)

志朗は混乱していた。歯の浮くような台詞《せりふ》をさらっと言っている。

しかし、男根を愛撫されているうちに股間も気持ちも昂ってくると——この異常な状況も、自分のものとは思えない言葉をも受けいれて、志朗は違和感を忘れていた。

礼子とともに、ダブルベッドに倒れこむ。

そして服を脱ぎ、全裸になった。

肉根には血がドクドクと流れこみ、天をつくように反り返っていた。

志朗の股間に頭を寄せた礼子が、ローズ色のリップを開いて男根を咥えようとした。

主導権はまだ礼子に与えたくない。志朗は礼子の顎をつかんでキスをした。

「ん……んん……」

礼子は、落ちついた様子から一変して、熱烈に舌をからめてくる。

唾液が溢れ、ふたりの間からこぼれ落ちる。

志朗は礼子の上になり、口づけを交わしながら、手を下へと伸ばした。

「あん……れろ……れろ……むっ……」

からまる舌と汗。発情した女の香りがひろがる。

志朗がスリップをまくりあげ、太股から秘所へ指を進めると、繊毛に触れた。礼子は下着をつけていなかったようだ。

「すぐにハメてほしかったんですか」

「そうなの。あなたを見ていたら、あそこが寂しくなって……」

礼子が大股を開いて、志朗の腰をカニばさみにした。

濡れた淫唇が股間に当たる。

熱く潤んだそこからひろがる匂いに、志朗のペニスはいきりたった。

「足をほどいてくださいよ。これじゃあ、ハメられませんよ」

「だって、だって……」

礼子は欲求を堪えられないのか、しきりに腰をうねらせ、太股に力をこめている。

足の力を抜いて、挿入されたほうがいいとわかっていても、淫熱に浮かされた礼子は力をゆるめられないようだ。

「こんなにもチ×ポを欲しがるなんて、かわいいな」

志朗は女芯に指を伸ばしてくすぐった。

発情していた礼子は素晴らしい反応で返してきた。指で軽く撫でただけなのに、そうとうな愉悦を覚えたようだ。礼子の背すじが優美なアーチを描く。

「はおうっ」

孔雀色のスリップが波打ち、そこからGカップの豊乳が片方こぼれ出る。巨大なマシュマロのような白乳の乳先は、かわいらしいピンクだ。

快感に気が行き、礼子の足がゆるまる。志朗はすかさず足首をつかんだ。Vの字に足を開かせてから、志朗は腰を進めて亀頭を女裂に押し当てる。

「あんっ」

ぬるんっ、と音をたてて淫唇から肉筒がずれる。根元を押さえねば、挿入は難しい。

「礼子さん、ハメてほしいなら、俺のをつかんで自分で挿れてください」

「えっ……そんなの恥ずかしい……」

礼子が甘い声をあげ、眉をひそめた。

男性のペニスを己の手で迎えいれる行為に興奮しつつも——その行為のはしたなさに戸惑っているようだ。

(見ず知らずの男を部屋に迎えていながら、ここで照れるなんて、かわいいな)

冷静でありながら放埒で、それでいて恥じらいもある。

(これだ……こういう女《ひと》を今日は求めていたんだ)

志朗の尿道口からは先走り汁が溢れ、亀頭をぬめぬめ光らせていた。

ふくらみを増したペニスを見て、礼子は唇を舐めた。ローズ色の唇を、紅い舌がなぞる。リップが唾液で濡れ、妖艶さが増す。

「我慢できない……ああん、ちょうだいっ」

礼子が亀頭をつかみ、己の女陰にあてがった。

志朗は呼吸を合わせて、腰をグンと前に突き出した。

「ほおお、奥まで来てるっ」

グチュッ、と音をたてて、腰と腰がぶつかる。

豊満なバストがぶるんと揺れた。

亀頭が勢いよく礼子の子宮口をノックする。

「ああん、大きくて硬いオチ×ポが奥に来てるっ」

礼子は泣き出しそうだ。

挿入の感動が深いのか、膣の動きも激しい。

うねうねと下腹が波打っていた。肉壁では男根をくるんで締めつける。

(極上の名器だ……恥じらいと淫らさがあって、そこに哀しみがにじんでいる)

肉の快楽を求めるのなら、相手は誰とでもいい。しかし、最高の快感を求めるなら、肉体だけでなく、心の重なりも必要なのだ。

志朗は礼子が愛おしくなって、唇を吸った。

(俺ってこんなにスケベで女好きだったたっけ。最近、セックスをすると、俺が俺じゃないような感じになるのはなぜだろう)

疑問がふと湧くが、志朗の意識は快感へと流れていく。

子宮口を存分にくすぐってから、志朗は腰を引いた。

「やだ、抜かないでっ」

礼子は結合状態が好きなようで、またカニばさみで動きを封じようとした。

だが、抜き挿しがあるから快感が深くなるのだ。

志朗は礼子に腰を挟まれる前に、足を大きく開かせた。

「ああんっ」

礼子が手首を口に押し当てた。淫らな声が出ないようにしているのだ。

自分から部屋に誘ったくせに、ふとした拍子に出す恥じらい。それが男をそそると知ってか知らずかわからないが、その仕草は志朗の淫欲をかきたてた。

「ほら、しっかり見ていてくださいよ、礼子さんにハメてるところを」

志朗はそろそろと肉幹を引き抜くと、愛液のからみついた男根が顔を出す。

青スジが浮いたペニスを放さないと言わんばかりに、礼子の蜜襞がウネウネとからみついているのが、なんともいやらしい。

「やぁん……すごくエッチッ」

礼子の知的な相貌がゆがんだ。しかし、それは嫌悪からのものではなく、己が思った以上に淫らだと見せつけられた羞恥心からだ。

そして、その恥ずかしさを越えれば——もっと背徳感に浸ることができる。

「いやらしいでしょう。ほら、この愛液……オマ×コからダラダラ出ていて、シーツを濡らしてますよ。俺のチ×ポが光っているのは、ぜんぶ礼子さんのお汁のせいなんです。エッチなんですね、礼子さんは」

「あん、あんっ」

マゾッ気があるのだろう、礼子は言葉でも感じていた。

大ぶりの胸を波打たせ、キュンキュンと膣道を締めている。

「ほら、見て……カリ首まで抜けちゃった……あ、カリ首にこびりついている白いのは本気汁ですか。本当にいやらしい人妻だ」

「いやっ、言わないで、私はそんなふうにエッチじゃないのっ」

首すじを紅潮させて、礼子が頭を振る。

そのたびに、はちきれんばかりの乳房がゆっさゆっさと揺れる。

「ああ、動いたからチ×ポが抜けそうだ。オマ×コから出ちゃいますよ」

志朗も抜く気はない。あくまでも礼子を焦らせ、欲情を高めるための嘘《うそ》だ。

「やだ、抜かないで、挿れたままでいてっ」

ランジェリー姿で貫かれ、乱れる美女の姿に志朗の欲情も止まらない。

志朗は、グイッと腰を突き出して人妻の最奥を突いた。

「くううっ……いいいっ」

メロンのような乳房がぶるんと揺れ、乳首が礼子の顔のそばまで来ていた。

志朗は振幅の大きい律動で礼子を攻める。

膣道のうねりも心地よいが、巨乳が波打つ様子もたまらない。

「生き物みたいにおっぱいが揺れて、いやらしいですよ」

「おっぱい、大きすぎて格好悪いから、私は好きじゃないの。重いし、肩がこるし。それに、すれ違う人には、おっぱいばっかり見られていやなの」

男性からすると魅力的でも、巨乳なりの悩みがあるようだ。

「安心して……今日は血のめぐりをよくして、コリをほぐしてあげますから」

志朗は反ったペニスの先で、腹側のほうの膣道を撫でた。

そのとたん、礼子が、

「きゃっ……はんっ、くううっ」

と、これまでにない反応を見せた。

Gスポットに当たったようだ。志朗は、そこを狙って抜き挿しを繰り返す。

ズボッ、ニュポッ、ジュルッ！

女壺の濡れが激しくなり、ピストンのたびに湿り気の多い音が響く。

「ああん、あああんっ、来てるの、せつなくなるっ」

首をのけぞらせ、礼子が羽根枕をわしづかみにした。

「そこと奥に当たると、気持ちよくてっ、あ、あんんっ」

スリップからは双乳の先が出て、音をたてて揺れていた。

下着のまま悶える姿は、巨乳もあってか、いやらしさが増している。

志朗は欲情に駆られて、Gカップの乳房にむしゃぶりついた。

「ほおおっ」

乳首を咥えられたとたん、礼子がビクッと硬直する。

「んぐっ……ひうっ……」

瞼《まぶた》が軽く痙攣していた。イッたようだ。

その証拠に、膣の蠕動がキツくなった。

まるい尻は、汗と愛液で霧吹きをかけたように濡れている。

「こっちも性感帯なんですね。感じやすくてかわいい人だ」

乳首を舐めまわしながら囁くと、礼子がぷいっと横を向いた。

「男の人におっぱいが性感帯だって言うと、こっちばかりに夢中になるんだもの」

そこで礼子は言葉を切った。

「おっぱいだけ触られると、もの足りなくなっちゃうんですね」

だから、カニばさみをしてでも挿入の一体感を求めるようになったのだろう。

「じゃあ、どちらでもいっぱい感じるやりかたはどうです」

志朗は礼子の足首を掲げると腰を突き出し、挿入をキツくした。

「うぐっ……」

イッたばかりには強い刺激だったらしく、礼子の額は汗で濡れた。

「いっぱい突いてあげますから、礼子さんはおっぱいを舐めてください」

志朗の言葉を聞いて、礼子が目をまるくした。

「やん、やだ、そんなエッチなことできない」

顔を手で覆い、いやいやをするように左右に振る。スリップ姿のまま激しいセックスをしているというのに、いまさらのように恥じらうのがまたかわいい。

「できないなら……」

志朗はそろそろとペニスを引き抜いた、礼子に伝わるようにゆっくりと。

カリ首が膣の入口にかかったところで、礼子が慌てる。

「抜くのダメッ、お、お願い、抜かないでっ、オマ×コに挿れていてっ」

せつなげに、礼子が訴える。

「早く乳首を咥えないと、オマ×コからチ×ポが出ちゃいますよ、ほらほら……」

カリ首が外に出た。

「ああん、ああ……」

先っぽだけが女陰に入った状態になり、ふとした拍子に抜けてしまいそうだ。

眉間に寄った皺《しわ》が、懊悩《おうのう》の深さを示している。

それを眺めているだけで、ゾクゾクする。敏感な先端を陰唇に咥えられたままなので、ペニスからも快感が走る。

（抜くのがつらいくらいの名器だ……早く動きたい）

志朗の本能は、女壺に欲望を放ちたいと告げている。

しかし、志朗は礼子が乱れるさまをじっくり見つめたいとも思う。

「ああ、志朗さん、もっとして……欲しいのっ、オチ×ポがっ」

顎を震わせ、礼子が訴える。志朗は肩で息をしたまま、礼子を見下ろした。

志朗に動く気がないとわかった礼子は、唇を噛《か》んだあとで豊乳の下に手をやり、持ちあげた。双乳が礼子の美貌に近づき――。

「はむっ……れろ……ちゅ、ちゅ……」

礼子がGカップの乳房に顔を寄せ、己の乳首を吸いはじめた。

凄《すさ》まじくいやらしい眺めのせいで、亀頭の先からカウパーがあふれ出る。

「いい……いいですよ、礼子さんっ」

パンッパンッ！

はじける音をたてて、志朗は抜き挿しを繰り出す。

「んぐっ、はむっ、んんんっ」

礼子は夢中になって自分の乳首を吸っていた。

ベッドをともにした男性が乳房を愛撫することはあっても、自分で乳首を吸うのははじめてなのだろう。この状況に興奮し、感度が高くなったのか、結合部から溢れる愛液は白濁した本気汁に変わっていた。

「締まるっ……おう……」

志朗が律動するたびに、礼子の上体が揺れる。波打つ乳房、そしてそれを咥える唇。左右の乳首で卑猥な音をたてながら礼子は吸う。白乳の乳輪に、ローズ色の口紅がついているので、さらにいやらしい眺めとなっていた。

「はふっ、ふっ……」

礼子の肢体がヒクヒクと痙攣する。内奥も男の欲望をそそるような動きをしていた。それでも乳首を吸うのをやめないのは、礼子もそうとうな愉悦を覚えているからだ。

「エロいですよ、自分でおっぱいを舐めながらイキそうになってる姿は」

志朗に指摘されて、礼子がチュポッと乳首から唇を放した。

下腹がせわしなく上下し、蜜肉のうねりがキツくなる。

「お願い、もう、イカせて、オチ×ポでイキたいのっ」

志朗は礼子の細腰の横に手を置き、欲望のままにピストンを放った。

ホテルのベッドが激しい律動でギシギシ鳴る。

「おう、おうっ、あうっ、うんっ」

己の口紅がついた乳房を揺すぶりながら、礼子は喘いでいた。

口紅は、乳房を自分で舐めまわしたせいで口のまわりににじんでいる。理知的な相貌をしているだけに、乱れた口紅が淫靡だ。

「なんてスケベな奥さんだ……こんな奥さんとエッチしないなんてもったいない」

志朗は腰の横に置いていた手で、乳首をつまんだ。

「はううううっ、イ、イクうっ」

ギュンッと内奥が締まる。

だが、志朗は攻めの手をゆるめない。

ピストンのテンポをさらにあげ、子宮口を絶え間なく突きつづける。

「くうっ、イク、イクッ……」

礼子がのけぞる。志朗にも限界がやってきた。

「お、お口にちょうだいっ」

ナカで果てたかったが、礼子の望みとあれば仕方がない。

志朗は発射寸前の肉筒を陰唇から抜いて、筒先を礼子の顔に寄せた。

礼子が口を開く。

ドピュッ、ドクドクッ！

音をたてて欲望液がほとばしる。

礼子は目を閉じて、満足げに口で白濁を受けた。数度に分けて噴き出た精液は、口におさまりきらずに、人妻の相貌に淫らな雫をいくつもつけていった。

3

礼子は、ルームサービスでとったワインを手にとり、グラスに注いだ。

白濁を飲みほしたあと、バスルームで口をゆすいで戻ってきたところだ。

性の匂いがたちこめる部屋に、ルームサービスを頼むのは気が引けたが、礼子は慣れているのかお構いなしだった。バスローブ姿で受けとった礼子を見ても、ボーイは表情を変えずにワゴンを置いて出ていった。

「おいしい精液だった……」

ワインを飲みながら、礼子は志朗の味を反芻《はんすう》しているようだ。

志朗は、ミネラルウォーターを飲みほしたところだった。

礼子は、ボーイが来たときに羽織ったバスローブを脱いだ。情事で乱れたままのスリップ姿で、肩紐《かたひも》が二の腕に垂れ、胸もとからは豊乳がこぼれ出ている。

ひどくしどけなく、男をそそる姿だ。

「志朗さんの精液……次はオマ×コで飲みたい」

ワインを口に含んで、礼子が志朗と唇を重ねる。口内にワインが流れこんでくる。

人妻の唾液と混じった濃厚な赤ワインに、志朗は酔ってしまいそうだ。

礼子がグラスをベッドサイドテーブルに置いた。

「中出ししてもいいんですか……」

「中出しがいちばん気持ちいいの、知ってるでしょ。野暮なこと言わないで」

妊娠をおそれて口に出させたのだと思っていたので、志朗は面食らった。

「てっきり、避妊のためだと……」

志朗の足下で横座りになると、礼子が体をくねらせた。

「ミルクが大好きなの」

そう言ってから、礼子が顔を紅くした。

「ミルクって、牛乳？」

「……もうっ、オチ×チンから出るほうのミルク」

礼子の言葉を聞いて、ようやく志朗にも精液だと合点がいった。

濃い。いろいろと濃い。

「元カレとかに性欲が強いって言われていやだったの。男の人だって、私のおっぱいに過剰に思い入れを持って、痛くなるまでいじるくせに。でも、私が精液大好きって言うと、変態って引くのよ」

と、不満顔だ。

たしかに、男が巨乳だとかおっぱいが大好きだと話しても、あまり非難されないが、女性が言うとを引かれてしまう風潮はある。

「精液まみれでセックスしたいって願望、そんなに変かしら」

男は精液を出したあとは冷めてしまうので、それにまみれたい妄想はないだろう。

だが、礼子の望みを聞いた志朗は、その妄想を叶えてやりたくなった。

(礼子さんの乱れかたはすごいし……変わったセックスができるのは楽しそうだ)

想像するだけで、股間がみなぎってくる。

愛液で光る赤黒いペニスが、天井を向いた。

「そう何発も出せないけど……願いを叶えるようにがんばります」

志朗は礼子を抱き寄せて、キスをする。

礼子はうれしげに舌をそよがせ、志朗の口腔を撫でまわした。

キスでまた火がついたふたりは、互いの性感帯をまさぐりはじめた。

「んんっ……あんっ……」

志朗が乳房を指でいじると、礼子はカウパーで濡れた亀頭を五本の指でくるんで、円を描くように愛撫した。

「お口で……しよ」

豊かな尻が、志朗の顔に近づく。シックスナインの体位だ。

礼子の胸が志朗の臍《へそ》に当たり、そしてペニスが人妻の指でくるまれ――。

「おっ……おおお……」

口腔に亀頭が含まれる。その甘美な熱に、志朗は声をあげていた。

ジュボジュボッと音をたてて、礼子がペニスを吸引する。精液好きを自認するだけあって、フェラチオもうまい。舌で敏感な場所をくすぐってくる。

(これはすごい……一発出してなかったら、すぐにイッてたな)

舌技だけで男性を絶頂に導くほど、口淫に長《た》けていた。礼子の頭が上下に動くと、志朗の腰も自然とヒクついてしまう。

「はむっ……じゅるっ、るるるっ」

礼子の唇から漏れる卑猥な音と、ペニスから伝わる快感で、吸引の強さ、フェラチオの巧みさがわかる。

(口でも、オマ×コでも精液を欲しがっている。なんてエロいんだ)

礼子の淫裂からは、ジュワッと透明な雫が湧いて、糸を引きながら志朗の顔の上に落ちた。

むせ返るような女のアロマに導かれるように、志朗は紅い陰唇に口づける。

「はうっ……ううっ」

礼子が喉奥から声をあげた。

志朗は舌を内奥に挿入して、ぐるりとめぐらせたのだ。

達したばかりの膣口は、舌がもたらす悦楽に反応し、また蜜汁を溢れさせる。

「ちょっと舌を入れただけで、お汁が大洪水を起こしてますよ」

志朗は口のまわりを愛液で光らせながら、礼子の女唇に向かって囁いた。

「むぐ……はむうっ」

返事の代わりに、礼子は首をめぐらせ、鼻から色っぽい息を吐く。

股間に伝わる熱で、先走りがまたジュワッと出た。

尿道口から吹き出たそれを、人妻の舌がすぐさま拭った。

(おお……いい。これは絶妙だな……)

男の弱点を巧みにつく愛撫に、志朗の息があがっていく。

(俺も負けられない)

志朗は中指と人さし指を重ねて、蜜壺に挿入した。

「むおうっ、い、いいっ」

礼子が激しく反応した。膣道は火照っており、指を熱烈に歓迎した。

志朗は指で内奥をくすぐりながら、欲望で硬くなっている女芯に舌を伸ばす。

コリッとしたクリトリスに、舌を押し当てから左右に舌をめぐらせた。

「あううっ、あん、そこ、そこおおっ」

白桃にぶわっと汗が浮き、ヒクついた。

快感を堪えきれずに、礼子はペニスから口を離して悶える。

「フェラをやめたら、舐めるのもやめますよ……ほら、がんばって……」

「ダメ、やめないで、がんばるから……」

やはりマゾッ気があるらしく、少し意地悪を言われただけで、内奥から溢れる蜜汁が白く変わった。香気漂う本気汁になり、粘り気が増している。

志朗は礼子の愉悦汁を舌で拭いながら、己の喉に流しこんだ。

「うまい……これだ、舌を蕩けさせる味だ……むっ、むっ、じゅるるっ」

「くうううう、クリトリスを吸われたら……あん、んんっ……」

大ぶりの白桃だけでなく、太股までもがヒクつく。

礼子のフェラチオが止まった。

意地悪を言ってフェラを続けさせてもいいが、いまは愉悦に狂う姿をじっくり鑑賞したい。志朗は指のピッチをあげた。

「あお、おおお、おおおおっ」

バシュ、バチュ！

抜き挿しとともに飛沫《しぶき》がはじけ、志朗の顔に降り注ぐ。粘り気のある本気汁を顔に浴びながら、しこった女芯をレロレロと舐めつづける。

「ふひっ、ひっ……」

指をめぐらせた志朗は、Ｇスポットの位置をさぐり当てた。

そこを狙って抜き挿しを繰り出していく。

「志朗さん、あん、イク……イキそう……」

礼子がガクガクと痙攣する。

「いいですよ、イッて、具合のよくなったオマ×コでハメまくってあげますから」

「イッたあとにハメるの……あ……あんっ……」

想像しただけで快感が跳ねあがったのか、礼子の腰の動きが激しくなる。志朗が蜜穴でのピストンを速め、舌で急所を舐めつづけると——。

白桃が痙攣し、動きを止めた。

「あ、もう、もうダメ、我慢できないの、い、イクッ、イクイクッ」

ブシュウウッ！

音をたてて蜜潮が噴き出した。

陰核を舐めている最中だった口内に、潮がまともに入った。甘露なイキ潮を口の中にためたまま、志朗は身を起こして、礼子の背中に体を預けた。

「はううっ、あうっ……」

達してヒクついている礼子の顎をつかんで横を向かせると、唇を重ねる。

そして、口内にたまっていた女潮を礼子の口に注ぎこんだ。

「むう……うっ……んくっ、くっ」

最初は己の蜜汁を注がれて驚いた様子だったが、状況を理解すると、目もとを淫蕩に染めながら嚥下《えんか》した。それから、デザートを味わうように志朗の唾液と舌を吸う。

「すごいセックス……こんなにエッチなの久しぶり……」

礼子が人さし指を唇に当てて、口の端からこぼれた蜜汁を拭い、また舐めている。

人妻の淫らな仕草に、志朗の股間のたぎりは限界近くになっていた。

「自分だけイッて満足はダメですよ、礼子さん……こんどは、俺とハメながら、潮を噴いてみてください」

「いまイッたばかりだから、ちょっと休ませて……お、おねが……ひいいっ」

礼子が呼吸を整える前に、志朗は白桃を抱えて、肉棒をぶちこんだ。

本気汁のたてる湿った音と、たわわな白臀に腰がぶつかる音が部屋に響く。

後背位で律動を繰り出すと、律動のたびに子宮口に切っ先が当たる。

「はうっ……おううううっ……」

礼子が、かけ布団に爪を立てて、ぎゅっと握った。

白桃は愉悦の汗で霧を吹いたように濡れて、艶めかしい。

(腰でひっかかってるだけのスリップ姿もいいな……いいアクセントだ)

孔雀色のスリップが、律動のたびに腰で上下する。体を覆うのはそのスリップだけで、背後から突かれるたびに、むき出しになったGカップバストと、たわわなヒップがブルブル音をたてて揺れた。

「いい、いいのっ。こんなエッチ、はじめてっ」

礼子は黒髪を打ち振りながら、快感に溺れている。

膣道は、強い愉悦を示すように締まりと動きを強めた。

男を責める甘美なうねりに、志朗の額に汗が浮く。

歯を食いしばらなければ、すぐに出てしまいそうだ。

(でも、ハメながら潮を噴かせてみたい……)

その思いで志朗は堪える。そして、指を結合部の下、女芯でそよがせた。

「ほ、ほおお……そこはダメッ」

礼子がのけぞり、蜜肉の収縮を強める。

志朗も負けじと、ピストンの振幅を大きくした。

バスッ、バスッ、バスッ！

重みのある音がこだまする。

「お、おお、おおおおっ」

子宮口を突かれつづけた礼子が、顎を上向けていく。

志朗は片手で礼子の陰核をいじりながら、空いたほうの手でブラブラ揺れる乳房をつかむと——その先端をつまんだ。

「はうっ……あん、い、いくううっ」

ブシュ、ブシュ、ブシュウウウッ！

シーツの上に灰色の染みがつくほどの蜜潮が噴き出す。

礼子が乱れるほど、志朗の興奮は増していた。

「ほら、出して、もっといやらしくイキまくってみせて……」

「やん、ダメ、こんなにはしたないイキかたっ、ダメなのっ」

礼子が制御の利かない体に戸惑いを見せていた。連続してイキ、そして連続して潮噴きしていることに混乱し、恥じらっている。

落ちついた風情の礼子が愉悦に悶える姿もそそるが、いままでにない乱れかたをする己の体に戸惑う姿はさらにそそる。

「はしたないイキかただから、感じるんでしょ、礼子さん」

志朗は女芯をいじるピッチをあげていくと、礼子の痙攣が大きくなる。

「次はどんなイキかたをしたいの」

礼子の欲望——それは、あられもない姿でイクことなのだ。

それも、普通ではないイキかたが——。

「精液まみれになって、それでイキ狂いたいのっ。礼子の体に精液をぶっかけてっ」

半開きの唇から涎をこぼした相貌をこちらに向け、礼子が訴えた。

「いいですよ、仰向けになって……」

チュポッとペニスを引き抜き、礼子を仰向けにする。そして、またすぐ挿入した。

「ああ……いい、いい、来て、来てっ。礼子にかけてっ」

知的な相貌の礼子が、髪を振り乱して射精を求めてくる。

欲望に呑まれ、本能のまま男を貪る女体にあらがう術《すべ》はない。

志朗は激しい水音をたてながら、終局に向けたラッシュをかけた。

「はぁ、あんっ、はあんっ、んっ」

礼子の顎が、上向いて喉をさらす。Gカップの乳房は重たげに揺れながら、汗をまき散らす。そして、男根をくるむ内奥は、渦潮のように吸いこむ動きを見せ——。

「志朗さんっ、わ、私、またイクッ」

「俺も、もう無理だっ」

発射寸前まで猛烈なピストンを放ってから、志朗は肉棒を引き抜いた。

濃厚な愛液が糸を引き、陰唇と肉棒をつないでいる。

その淫らな眺めに、礼子の瞳がきらめく。

「出る、出すぞっ」

ドクドクドクッ！

尿道口がふくらみ、白濁が人妻の胸に降り注ぐ。

「ああん、ぶっかけられて、私、またイクッ……」

礼子は蜜潮を噴き出した。

「ふう……あう……」

礼子がベッドの上でしどけなく横たわる。

ダブルベッドは蜜潮で濡れていた。その中央に横たわる礼子は、胸についた精液を全身に塗りひろげている。

精液のついた双乳を持ちあげ、礼子は舐める。

部屋には、淫水と精液の湿った匂いが漂った。

「おいしい……気分があがっちゃう」

「精液を塗りたくって、喜んで、とんだスケベ人妻だ」

「やん、恥ずかしくなっちゃう」

礼子がうっとりと言った。

淫らな姿を視姦されて恥じらいながらも、礼子の相貌は輝いていた。

巨乳の女性が、己の乳房を舐める姿に志朗も興奮し、ペニスが息を吹き返す。

「願望が満たされたからか、いいお顔になってますよ」

精液まみれの豊乳を舌で味わう礼子は途轍《とてつ》もなくいやらしい。

しかも、淫靡さの中に恥じらいと、背徳感とが入り交じっているので、男の欲望を直撃する姿となっていた。

「あなたも少しは満たされた？」

礼子も志朗の欲求不満を見透かしていたようだ。

志朗はベッドに仰向けになると、男根の根元を持った。

「まだ満足しないの。底なしね」

志朗はうなずいた。なぜかわからないが、欲望がつきない。もっと抱きたい。

「お互い様でしょう。今度は違う体位にしましょう」

礼子が志朗にまたがり、白桃を下ろしていく。切っ先に濡れた淫唇が当たるやいなや、ペニスは熱く潤んだ膣道に呑みこまれていった。

「う、うん……上になると、もっと深いのっ、あんっ」

礼子が黒髪をうねらせ、陶酔した様子でため息をついた。

膣肉は志朗のペニスを柔らかにくるんで歓待してくる。

切っ先はすぐに子宮口に食いこみ、そちらからも快感が走った。

「動きますよ……」

ベッドが波打つ。湿った音が、鼓膜を打つ。

二度の潮噴きで濡れやすくなった秘所が、しとどに愛液をこぼしていた。

「ベッドがオネショしたみたいだ……ホテルの人に、なにをしていたかバレちゃいますね」

「やん、恥ずかしいっ」

そう言いながら、礼子はGカップの豊乳を上下させながら腰をうねらせている。

(中出しされる期待で、さっきよりも熱い……本当にスケベで素敵な人だ)

志朗は礼子の期待を裏切らぬように、上下動を強めた。

「あん、んんっ、んんっ、奥に当たるの、うんっ」

当たっているのは奥だけではなく、Gスポットにもだろう。反ったペニスの腹が、ちょうどGスポットを擦っていた。

ヌチャ、グチャっという音が激しくなる。

「もっとエッチにしましょうか」

志朗は結合したままベッドの端のほうに移動すると——礼子のほどよく筋肉のついた太股を抱えて立ちあがった。

「はおおおっ」

いわゆる駅弁と呼ばれる体位となった。

礼子は落ちないように、志朗の首にしがみついている。

志朗は礼子の太股を脇に入れて、部屋の中を歩きはじめた。

「すごく深いのっ、いい、あああああっ」

礼子の背中から汗で濡れ、吐息が燃えるように熱くなる。

歩くたびに、ブチュ、ブシュっと音をたてて蜜潮が噴き出す。汗と、体についた精液と、そして愛液がまざった淫らな香りを振りまきながら、礼子は快感に狂い、のけぞっていた。

「礼子さんのオマ×コ、奥に当たると締まりがよくなりますよ」

志朗もこめかみに汗を浮かべていた。

意識していないと、すぐにでも射精してしまいそうな締まりだ。

だが、せっかく見晴らしのいいホテルに来たのだ――それなりのプレイで終わらないとつまらない。

「もうベッドに戻って、わ、私、イキすぎて変になるっ」

礼子はあまりの快感に泣いていた。

秘所からは蜜潮を噴き出し、肢体からは汗を、目からは涙を――。

礼子の水分がすべて体から出てしまいそうだ。

「まだまだイケますよ」

志朗は窓にもたれかかった。

礼子のほうからは、東京の夜景を見わたせるはずだ。

「精液と愛液まみれの礼子さんを誰かが見てると思いながら、イッてみてください」

「あん、やん、そんなのっ」

礼子が首を振ったが、瞳は期待で光っていた。

「ほら、ほらほらほらっ」

ここぞとばかりに上下動を強めて女体を責める。

「ああん、ああんっ、見られちゃうっ、イクところを見られちゃうっ」

きらめく夜景を眺めながらのセックスに、礼子は激しく燃えあがり、尻をしきりにくねらせる。

人妻の繰り出すグラインドに、志朗のペニスも興奮の極みを迎えようとしていた。

「潮噴きながらイクところを、誰かに見られてるんですよ、ほら、ほらっ」

パス、パス、パンパンパンッ！

テンポよい突きの音を放ちながら、志朗もまた昇りつめる。

「ああん、ダメ、こんなエッチな姿を見られるのダメぇっ」

口ではそう言いながらも、礼子は微笑んでいた。

そして、秘所からは間歇泉《かんけつせん》のごとく興奮の愛液を噴き出し、志朗のもたらす官能に応えている。

志朗も、自分の太股やカーペットが濡れるのも構わず律動を続けた。

「いい、もうダメ、ダメ、イク、イクの、もう……あああっ、イクウウウウウッ」

礼子が上半身をのけぞらせ、Gカップの乳房を突き出すと――。

「おおお、イクウウッ」

大量の蜜潮が噴き出した。

ブシュッと潮がホテルの窓に降り注ぎ、湯気と淫蕩な匂いを放つ。

窓から見える夜景が、人妻のイキ潮でにじんだ。

「俺も、礼子さんのナカで……イクッ」

志朗も我慢の糸をほどいた。

三度目の放出ながら、勢いある白濁が人妻の内奥めがけて注がれる。

礼子は膣で欲望を受けるたび、ヒクッヒクッと体を痙攣させた。

「ああん……快感だわ……」

すべての望みを果たした礼子は、微笑んでから――目を閉じた。

第三章　淫らにイキ狂う人妻

1

志朗は蓋を開けた。

釜飯の香りが鼻腔を刺激する。

(名物にうまいものなし、と昔は言ったけれど、名物にうまいものあり、だよなあ、最近は)

炊きたての釜飯を茶碗《ちゃわん》によそい、箸をとって口に運ぶ。

「あつっ」

舌を火傷《やけど》しかける。できたての証拠だ。

ほかほかの釜飯を嚙むと、甘みと旨みが口内にひろがった。

日帰り温泉に併設されている畳敷きの食堂で、志朗は幸せを嚙みしめていた。

添乗員ではなくなり、旅から離れた寂しさを志朗は日帰り温泉で埋めていた。

（いまごろ、本郷様たちは旅を楽しんでるのかな）

旅への未練か客への未練はなのか——志朗もわからない。ただ、寂しい。

志朗は蒲田《かまた》の日帰り温泉に来ていた。

湯は関東に多い黒湯で、濃く煮出した麦茶のような色だ。

あまりにも色が濃いので、風呂に入ると肌が見えなくなる。

浴槽は熱めとぬるめのふたつがあったので、志朗は両方の湯を楽しんだ。

この日は平日、しかも強い雨が降っていた。志朗は天気が悪くとも、とにかく温泉に入りたい一心で来たが、やはり雨の日は客の足が遠のくらしく、今日は食堂に常連がまばらにいる程度だ。

風呂あがりにいつものムラムラがやってきたが、女性客が少ないせいか、前のようにひどくはない。なので、今日は食事処でゆっくり釜飯を味わえた。

（旅行をした気になりたくて、首都圏の日帰り温泉をめぐっていたら……まさかエッチな出会いが続くなんてなあ）

箸休めの漬物を噛みしめながら、志朗は先日の逢瀬に思いを馳せた。

礼子とのめくるめく夜は素晴らしかった。

だが、志朗がシャワーを浴びたとたん、礼子は落ちついた様子になった。そして、早々に部屋を出るように志朗に言った。

（いったい、どういうことなんだろう。前々回も温泉に入ったら人妻とエッチなことになったけど、シャワーを浴びたとたん、相手が冷たくなったんだよな）

礼子とはＬＩＮＥを交換したので、そのあとも連絡をとっていた。

すきま風の吹いていた夫婦仲はよくなったという。志朗との一夜で体が温まり、肩こりが改善した礼子が朗らかになったせいか、夫との会話と夫婦生活が増えたそうだ。

（しかも、俺と浮気した人は、みんな旦那との関係がよくなってる。ふつう逆になりそうだけど……まあ、人妻と長くはつきあえないからいいんだ、これで）

そんなことを考えながら釜飯を食べていたら、あっという間に空になった。

腹はいっぱいだが、食事処のおいしそうなメニューが目につく。

（クラフトビールに、もつ煮……これだ）

志朗が目当てのものをカウンターで注文すると、隣に二十代前半くらいの女性が立った。

（おお……かわいい……）

臍が出るほど短いTシャツに、スウェットパンツ。Tシャツを盛りあげるふくらみは大きい。ウエストは、引きしまっていて筋肉質だ。風呂あがりはノーメイクの女性が多いが、この女性はつけ睫毛でもしているのか、目もとがはっきりしていた。口もとには明るいピンクのリップ。髪はきれいな栗《くり》色で、湯あがりの髪を無造作に結っている。

ふたりが注文したもつ煮が、同時に来た。

女性は、つまみを受けとると、

「お兄さん、よければいっしょに一杯やらない」

と、声をかけてきた。

「いいんですか」

「いつもいっしょに飲んでる常連さんもいないし、ひとりじゃつまんないしさ。お兄さんがよけりゃ、つきあってよ」

二度あることは三度ある、という言葉が頭をよぎる。

いやいや、いくらなんでもこの女性にそんな気はないだろう。

野暮ったい志朗は、この手の女性からすると対象外のはずだ。

「ほら、ぼーっとしてないで、こっち来なよ」

女性に促され、志朗は彼女の隣に座った。

「あたしは本田《ほんだ》ほのみっていうの。お兄さんは」

志朗が名乗る。店員がクラフトビールを二本持ってきた。

「じゃ、乾杯」

ほのみがボトルを掲げて、ビールを飲む。ゴキュッ、ゴキュッと喉を鳴らして飲む姿を見ていたら——志朗の股間が熱くなってきた。

（いま、猛烈にこの女性《ひと》を抱きたい……）

またわけのわからない衝動が押し寄せる。

志朗は頭を振ってその思いを振り払うと、自分も香り豊かなビールを味わった。

2

「へえ、温泉に入ると女にモテるって面白い」

ほのみが志朗を見て言った。

「モテるっていうか……なんというか……」

どうしてこんな話になったのだろう。

つまみのアタリメを嚙みながら、志朗は思った。

(そうだ、彼女がいるいないの話から、モテるモテないになって……で、俺がモテないって言ったら、ほのみさんがそんなことないはずだって言ったんだ)

「わかるかも。がっついてない感じがいいっていうのかな、女にさ」

ほのみが電子タバコの煙を吐き出した。

志朗は温泉そばにあるほのみの家に来ていた。

電車で帰ろうとしたのだが、大雨のために電車が止まったのだ。あきらめてネットカフェで時間をつぶそうとした志朗を、ほのみが家に誘った。

家は2Kのアパートで、ひと部屋はリビング、もうひと部屋の襖《ふすま》は閉められたままだ。リビングとして使っている部屋にあるのは白いテーブルとクッションぐらいで、あとは段ボールが数個と、雑誌が数冊。

引っ越してきて、間もないのだという。

「うちの旦那もそういう男でさ。がっつかないけど、自分が色気あるってわかってるわけよ。だから、女が寄ってくる」

「だ、旦那?」

温泉の食事処で、ほのみは二十四歳のトラック運転手だと話した。

（いちばん重要な結婚しているかどうかを聞き忘れていたなんて、俺の馬鹿っ）

いまここに、ほのみの夫が来たら、志朗は間違いなく血祭りにあげられる。

ほのみの相手は、ゴツい男に違いない。そんな気がしていた。

「ご結婚してたんですか。それじゃ俺、帰ります。それはまずいです」

「大丈夫。うちら別居中だから。あいつがマッチングアプリで会った女と浮気してるのわかったからさ。マッチングアプリの画面も証拠として撮影したんだけど、会ってもいないとか言いわけしちゃって。見苦しいよね」

「そうなんですか。でも、否定してるのに別居っていうのも……」

「浮気は疑いも含めて、三回目だよ。さすがにキツいわ」

三回はたしかに多い。

ほのみが電子タバコの蓋を閉めた。

「まだ籍はいっしょだけど、実際はフリーだから安心して。で、問題はそっちだよ」

志朗のほうを向いて、すり寄ってくる。

「ほのみさん……え、えっと……問題、というと」

「温泉に入ると、女にモテるってやつ」

トロピカルフルーツの香りがした。シャンプーの匂いだろう。

長い睫毛の下の大きな瞳は、期待で輝いている。

「本当はモテるんじゃなく、女をムラムラさせる体質なんじゃない」

「そんなの生まれてこのかたなかったですよ」

「じゃあ、そういうのに恵まれるきっかけを作ったなにかがあるんじゃない。呪いとか。わけもなくそんな奇妙な体質にならないって」

「の、呪い？　肝試ししないし、怖いの苦手だから変な場所は行きませんよ」

「知らないで行った場所が、じつはモテの聖地だった、みたいな」

そんな思いつきがどうして出てくるのか――。

志朗は床に置いてある雑誌を見て、理由がわかった。

ほのみは「月刊ムー」の愛読者なのだ。

「あたし、そんなにスケベなほうじゃないけど、いますっごいムラムラしてる。志朗さんもじゃない？　だってさ、そこ、やばいよ」

ほのみが指さした先に、盛りあがった股間があった。

「いや、これはその、おいしい人妻……いやいや、おいしい釜飯を食べたらこうなっただけで、おいしい人妻を食べたいとかじゃないです」

「願望、もろに言ってるじゃない」

ほのみが笑う。

「旦那と別居してご無沙汰だからさ……欲求不満の解消につきあってよ」

丈の短いTシャツを脱いだほのみを見て、志朗は目をまるくした。

Tシャツの下にはなにもつけておらず、ツンと上を向いた形のよいバストが顔を出した。志朗を驚かせたのは、それだけではない。小麦色の肌に残る、白い日焼け跡。

それがなんともいやらしいのだ。

日焼け跡からすると、水着は乳首をかろうじて多う程度の面積しかない布と紐で構成されていて、それをつけたほのみは男の股間を刺激する姿だったに違いない。

「夏に海で焼いたんですか」

水着姿を想像して、志朗は生唾を飲みこんだ。

「友達が海の近くに部屋を借りてて、夏に集まったんだ」

ほのみが、下のスウェットも脱ぐ。

「おお……」

上半身の水着跡もいやらしかったが、下半身もかなりいやらしい。

無毛の縦スジを覆う程度の大きさしかない三角の布のあとが中央に白く残り、そこから伸びた細い紐の日焼け跡が腰をめぐっている。

（こんな水着で泳ぐって、めちゃくちゃエロいじゃないか）

下着が先走りで濡れる。

「やっぱり変……すっごいハメたい……でも、その前に……」

ほのみが志朗のスウェットを下げて、股間をむき出しにすると、はむっと音をたてて肉棒を咥えた。

「ほ、ほのみさ……おおお」

志朗は手を腰の後ろについて、顎を上向けた。

ほのみのフェラチオは巧みだった。

喉奥まで肉棒を呑みこみ、そして吸引する。苦しくなりそうなものだが、ほのみは、ジュルジュルと音をたてて、うれしそうに啜《すす》っていた。

「ほいひい……はむ……む……じゅるるるっ」

股間から押し寄せる快感と、ほのみが出す声や音で、志朗は我慢できなくなっていた。日焼け跡が艶めかしい尻を撫でる。若尻の感触を楽しんだのち、尻の間にある秘所へと手を伸ばした。

「ふむうっ……」

ほのみの尻が跳ねあがった。肉ビラの上に鎮座する女芯をくすぐったのだ。

ご無沙汰だったせいか、感度がいい。志朗は期待で硬くなったクリトリスを親指でやさしくこねくりながら、人さし指を蜜割れの中に挿れる。

「ううんっ……むちゅ、ちゅっ」

ほのみが眉根を寄せた。せつなげな表情になりながらも、ペニスはしっかり咥えたままだ。あんなに露出した水着をつけるだけあって、根が好色なのだろう。

ほのみの髪をかきあげた志朗は頬をへこませ、フェラチオをする姿を眺めた。

「こんなにエッチがうまいのに、浮気する旦那さんの気が知れないですよ」

チュポッと音をたてて、ほのみが口を離した。

「ほ、本当にそう思う？」

「もちろん。脱ぐまえから魅力的だったのに、脱いだらさらにエッチで……しかも、フェラが最高だ。どうして浮気するのか不思議なくらいですよ」

「うれしい……がんばったかいがあったかも」

なにをがんばったのかわからないが、志朗はもう挿入を我慢できなくなっていた。

「このまま口で出したいところだけど……上手なフェラされたら、あそこにハメたくなっちゃいました」

志朗はほのみを抱きしめて、仰向けに横たえる。肉体労働で筋肉のついた太股を左右に開くと、無毛の肉薔薇《ばら》が眼下にひろがった。

興奮から淫らな露をトロトロこぼす淫唇に、志朗は亀頭でキスした。

「あん……」

ほのみは頭をあげて、結合の様子を眺めている。

志朗は首が疲れないように、頭の下にクッションを敷いた。

「そんなにひとつになるところが見たいんだ」

ほのみの小麦色の肌が、少し色づいた。

(積極的だけど、人妻らしい恥じらいがあって……これまたいい)

志朗は、ほのみの視線を味わいながら、肉筒を進めた。湿った音をたてながら、肉棒が無毛の縦スジを割っていく。叢がないぶん、秘唇が肉棒を咥えた様子がまざまざと見える。

「あん、入る……太いのがナカに入ってくるっ」

ほのみが乳房を震わせ、喘いだ。

肉棒を呑みこみ、割れた陰唇からは透明な愛液がジュワッとにじみ出て、肉土手を濡らしている。

「キツい……久しぶりのエッチだからって、気合入れて締めてませんか」

太股を抱えて、腰を進める志朗の額に愉悦の汗が浮いた。まだ奥まで入っていないのに、肉壁のもたらす圧が強くて、背すじに射精欲が走っていた。

（おお、これはまた味わったことのない体だ……若さのためにこなれていないのが、アクセントになっている。この潑剌《はつらつ》とした肉体……これは釜飯以上のごちそうだ）

志朗は感嘆のため息をついた。

「どうしたの。あたしのあそこ、つまんない？」

「なに言ってるんですか……極上のオマ×コですよ」

「そっか、そうだよね」

ノリがいいわりに、自分に自信がないようだ。

クラクラくるような日焼け跡をつけているのに「ムー」愛読者だったり、少し自信なさそうだったりするギャップが面白い。

（いまどき、自信がある人のほうが珍しいか）

仕事で失敗し、左遷された志朗も、自信を喪失している。

それを忘れるために温泉めぐりをしているのだ。

ほのみは浮気されて、魅力がないと思いこんでいるのかもしれない。

（だったら、いいエッチで少しでも憂さを晴らしてもらおう）

志朗は腰をグンと、勢いよく繰り出した。

肉襞を亀頭がくすぐりながら進んで、子宮口に食いこむ。

「はうっ……あううっ。あそこに、オチ×チンが入っちゃった」

ペニスを根元まで呑みこんだ蜜壺が、歓喜の汁をこぼしていた。

肉ビラはヒクつきながら男根にからみついてくる。

「エッチなパイパンのおかげで、つながっている様子がじっくり見えますよ」

志朗が腰を引くと、ヌチュッと音をたてて肉棒が陰唇から顔を出す。

淫らな汁で濡れ光る肉茎に、名残惜しいとばかりに吸いつく襞肉。

陰毛があってもいやらしい景色だが、女性が無毛だと襞肉の奥までしっかり見えるので、淫靡さが桁違いだ。

「やん、動いているだけで、すごくいやらしいっ」

ほのみが頭の下に敷いたクッションをつかんで身もだえした。

抜く途中で反りを増したペニスが、Ｇスポットを擦った。

「見てるだけで勃起するような日焼け跡の人妻を抱いてるんですよ。俺のチ×ポがまた硬くなっちゃうのも当然でしょう」

志朗がGスポットのあたりで腰をめぐらせると、ほのみがいやらしい日焼け跡のついた乳房を突き出しながら、喘いだ。

「そこ、いい……オナニーでも当たんなかったの、すごく、いいっ……」

オナニーで寂しさを紛らわせていたのか。

思った以上に好色で、性に貪欲なようだ。温泉めぐりをしてから抱いた女性はみな性に積極的だったが、ほのみはその中でもトップかもしれない。

「ほのみさんを知れば知るほどいやらしいくて、虜《とりこ》になっちゃいそうだ」

志朗は欲望の赴くまま、ピストンのピッチをあげていった。

「あう、うんっ、あんっ、あっ」

上下に揺れる乳房、乳頭部分だけが三角の小さな布で日焼けを逃れ、白くなっている。志朗は三角形の日焼け跡に指を這《は》わせ、乳首をつまんだ。

「はうううっ……乳首、好きっ、いい、いいっ」

ほのみがブリッジするように大きくのけぞった。足に力をこめて、地面を押しているので、結合したまま志朗の体が持ちあがる。ほのみはトラック運転手だけあって、膂力《りょりょく》があるようだ。いままでの相手にはない動きが、志朗の欲望を駆りたてる。

「おっと、そんなふうにされたら抜けちゃうじゃないですか。イタズラな脚はこうしちゃおう」

志朗が両足首をつかんで、中央で揃えさせた。

ほのみはL字の姿勢になり、志朗の律動で翻弄されていた。

この体位だと結合が深くなるが、ほのみ側からは様子が見えなくなる。

「あん、見えない。見せて、エッチしてるところを見せてっ」

ほのみが脚を開こうとするが、志朗は力をこめて押さえた。

好色なだけに、見えなくなるとどんなふうに抜き挿しされているか想像してしまい、そしてそれがさらなる性感につながるはず――志朗はそう考えた。

（おっ、予想どおりだ……）

ほのみは腕にすじが浮くほど力を入れてクッションを握っている。肉壁のうねりは強くなり、ペニスが蕩けそうだ。

志朗は、ここぞとばかりにすばやいピッチで律動を繰り出した。

「あん、あん、すごい、いい、感じる、あひっ、あんっ」

張りのある尻と志朗の腰がぶつかるたびに、はじけるような音をたてた。

子宮口に亀頭が当たると、よがり声の音階が高くなる。

しっかり感じている証《あかし》に、ほのみのむちっとした尻は汗で濡れていた。

「愛液まみれになって、気持ちよくなってるほのみさん、エロいですよ」

「わ、私も見たいの、エッチしているところ……お願い、見せてっ」

「見せる代わりに、教えてあげますよ。ほのみさんのオマ×コが、俺のチ×ポをおいしいって咥えて、あそこは愛液でびっちょびちょです」

我ながら語彙がとぼしい。しかし、想像力豊かなほのみには十分だったらしく、クッションを抱える手を悩ましげにくねらせる。

「オマ×コがヒクヒクしてるの？　で、グチョグチョなの……ああん、ああ……」

志朗はほのみに音を聞かせるため、派手に腰を動かした。

ピチャッピチャッと、水たまりを歩くときのような音がつなぎ目からたつ。

「き、聞こえる……いやらしい、あ、あんんっ」

ほのみの濡れが激しくなり、カーペットを敷いた床に大きな染みができていた。

愛液の量と蜜肉の締まりから、絶頂が近づいているのがわかる。

志朗もまた、若い媚肉のうねりを堪えきれそうにない。

「いっしょにイキましょうか」

ほのみの脚を開いて、志朗はきゅっと締まった若腰を抱えた。

そして、ズンズンと深い突きで子宮口を狙いうちする。

「ひい……い、いい、あんあんあん、イク、イク……」

ほのみがまたものけぞる。尻にえくぼが浮くほど大臀筋に力を入れ、愛欲に溺れる姿は男心をそそる。

日焼け跡のついた乳頭に顔を近づけ、志朗は咥えた。

「んはっ、あう……ひ、ひいいいっ」

きわまりそうなところで性感帯を攻められ、ほのみはガクッと動きを止めた。

膣肉の圧搾がキツくなり――。

「おお、イク……」

志朗が欲望を解き放つ。

「わ、私もっ、イクウウウウッ」

ほのみは、のけぞりながら志朗の白濁を蜜壺で受け止めていた。

「はあ、ああん……よかった……」

志朗がペニスを抜くと、ほのみが体を起こして志朗のほうへ四つん這いで寄ってきた。そして、抜かれたばかりのペニスに口をつける。

いわゆるお掃除フェラだ。

自分の愛液と、志朗の精液がついたペニスをおいしそうにしゃぶっている。

「そんなに熱心にフェラされたら、また出ちゃいますよ」

「お口に出してもいいよ。フェラでイカせるくらい上手になりたいし」

ほのみが口をはずし、ペニスに頬ずりしながら囁いた。

(あれ……)

水着跡や、オナニーの話からすると、ほのみは好色で経験豊富なはずだ。しかし、言葉の端々からそれとは反対の姿が浮かびあがる。

(自信がないだけなのか、それとも……とにかく、女性は不思議だな)

見かけとはまるで違う姿を、裸になると女性は見せてくれる。

いや、それは男もそうなのかもしれない。

裸になってはじめてさらけ出せるものがある。体だけでなく、心も——。

「続きは布団の上で……こっちが寝室ですか」

志朗がフェラを中断させて、襖に手をかける。

「待って」

ほのみが慌てたときには遅く、志朗は襖を開けていた。

ふたりが交わった部屋の灯《あかり》が暗がりを照らし、寝乱れた布団を浮かびあがらせる。

布団の上には、大小様々な淫具が置いてあった。

3

「……すごい数ですね」

「言わないでよ。恥ずかしいから」

男根形のバイブが二本、細長い用途不明なバイブが一本、ピンクローターにいたっては四つもある。そのうえ、AVでよく見る電動マッサージ器、低周波治療器に、ローションが数本。

「マニア？」

思わず口に出していた。なんのマニアかわからないが、これだけ揃っているのは尋常ではない。いや、セックスの相手にするなら最高だ。夢のような女性だ。

しかし、コレクションを見られたほのみは、しおれていた。

「ほのみさん、ごめんなさいっ。勝手に開けた俺が悪かったです」

志朗は頭を下げた。

温泉で女性運に恵まれても、肝腎なところで失敗するのは相変わらずだ。

「あ、いいって。その、これがあるのは本当のことだし」

ほのみが電子タバコを吸って、煙を長く吐いた。

志朗には、そこにため息が混じっているように見えた。

「ホントはね、あたし、ぜんぜん経験ないの」

雨が打ちつける窓に目をやりながら、ほのみが呟いた。

「経験って」

志朗が首をかしげる。

「エッチのこと」

「へ？」

いやらしい水着跡に、この淫具の数に、そしてエッチのときの反応からして、それは考えられないと志朗は思った。

「旦那としたとき処女でさ、あたし。初エッチが二十二なの。相手は旦那。で、結婚したんだけど……エッチがつまらないから、旦那が浮気しちゃったんだよね。もともと真面目だから、あたしは一生懸命努力して、エッチ上手になろうとして」

外見で人を判断してはいけない。志朗は改めて思い知った。

ヤンキーっぽい雰囲気とトラック運転手だから、さばけていて経験豊富だろうと勝手に思いこんでいた。

「旦那とつきあいはじめたころのあたし、見る？」

ほのみがスマートフォンをいじってから、画面を志朗に見せた。

「これは……」

画面に映るのは、眼鏡をかけた化粧っ気のない作業着姿の女性だ。

「あたし」

「えっ。えっ。ほのみさん、二年前はこういう雰囲気だったんですか」

二年前のほのみは、かなりふくよかで、そのふくよかさがかわいらしくもある。よく見れば、目もとのあたりはいまのほのみと同じだとわかるが――。言われなければ、別人で通る。

「トラック運転手になったのは、車が好きだし、人とあんまり話さなくていいかもって考えたからなんだ。その前は工場勤務だったから、体力は自信あったし。で、旦那と出会って、つきあって……だけど、飽きられちゃった。結婚式で笑われないようにきれいになろうってダイエットして成功したのに、そこからうまくいかなくて……」

「なるほど……」

独身で彼女もいない志朗からすると、結婚まで行けるのはすごいことなのだ。しかし、結婚しても様々な悩みが出るものなのだな、と改めて思う。

「きっと、旦那があたしに飽きたのは、エッチが下手だからだって思ったの。だから、自習したんだけど」

真面目だ。真面目の権化のような真面目さだ。

しかし、淫具を山ほど買うのが真面目さゆえというのは、すごい話である。

「マッチングアプリを使って相手を探すとか、そういうのはしなかったんですか」

「旦那以外とエッチするなんて、怖くてできないって。この日焼け跡も、旦那をそそるためにしたんだけど、逆に引かれちゃうしで……今日はヤケになってたの。そこに、たまたまあなたがいて」

「まさか、浮気もはじめてなんですか」

「そうよ、悪い」

ほのみが開き直っていた。これ以上かく恥はないということか。

「いえいえ。光栄だなって思って、俺を選んでくれて」

「だって、あなた面倒くさい感じじゃないし。それに……変なの。見ていると抱かれたくなっちゃって、ムラムラきちゃったんだ」

ほのみが照れくさそうに言った。

前回、前々回にもあった、温泉七光り効果とでもいうものが発動しているのだろう。

信じがたい話ではあるが、ほのみが言ったように、志朗が添乗員時代に名所旧跡に行ったときに得たなんらかの恩恵、あるいは呪いなのかもしれない。

そうでなければ説明がつかない不思議な現象だ。

「俺も、ほのみさんと食堂で会ったときからエッチをしたいって思ってたんですよ」

風呂あがりに覚えた欲情がよみがえる。

先ほどは普通にセックスしたが——これだけの淫具があれば、もっと違うプレイもできそうだ。男根にミチミチと興奮の青スジが浮いてくる。

「さあ、布団でしましょうよ」

ほのみの手をとって、志朗は誘った。

「旦那さんのために一生懸命努力する、ほのみさんは素敵な人妻ですよ」

「夫に未練タラタラなところを褒められても、困るって」

ほのみが、はにかむように横を向いた。

(未練タラタラなのは俺もだ。かつての顧客のことばかり考えてるんだから)

志朗はほのみの肩を抱いて隣の部屋に入ると、彼女を布団に横たえた。

「自習ばっかりで、道具を使ってのプレイはしたことないんですか」

志朗が男根形のバイブを持った。カリ首や竿《さお》に浮いた血管はリアルだ。色が紫色でなければ、本物に近い。

「そりゃそうだよ、オナニー用だもの」

「これを使って俺とプレイしたら、どうなると思いますか」

ほのみの目が淫らにきらめいた。小さな三角形を乳房に描く日焼け跡——その中央にあるピンクの乳首が硬くなった。

「狂っちゃう……かも……」

ほのみが布団の上で足を開いた。

「自分で太股を抱えて、大股ひろげて」

「あん……」

ほのみが指示どおりにポーズをとった。

ハメてくださいと言わんばかりの姿勢だ。無毛の秘所からは、愛液と精液のカクテルが垂れ、淫らな匂いを放っていた。

「ローションがいらないくらいヌルヌルだけど……ローション、垂らしますね」

志朗はローションのボトルを、無毛の縦スジの真上で傾けた。

「あん……んん……」

粘度のあるローションが、ほのみの縦スジを濡らしてから後ろ穴にいたり、そして布団に滴り落ちる。

愛液以上にきらめくローションのおかげで、ほのみの肉土手は淫靡さを増していた。

紫色のバイブをほのみの陰唇にゆっくり挿入する。

「くあっ……あんんっ、いつもより感じるっ」

自習でこの淫具を何度も使用していただろう。しかし、同じ淫具でも他人がそれで愛撫すれば総身に走る快感はまったく違うはずだ。

ほのみは腰をくねらせながら、しきりに喘ぎ声をあげている。

(そういや、AVでよくやってたのは……)

志朗は回転式のマッサージ器を手にとった。本来の使いかたとは違う使いかたのほうがメジャーになってしまったこけしのような形のマッサージ器だ。

スイッチを入れると、振動音とともに先端が回転する。

「あ、ダメ、それをいっしょに使ったら……あ、あああああああっ」

バイブを抜き挿ししながら、女芯にマッサージ器をあてがう。刺激が強そうなので、志朗は触れるか触れないかぐらいにしたのだが――ほのみは激しく反応した。

「ひゃうっ、すごいっ、AVみたい……あうっ、これ、こんなに気持ちいいのっ!」

小麦色の双臀がヒクつく。紫色のバイブを咥えた蜜口は色が濃くなり、白濁した愛液をとろとろとこぼしていた。

その本気汁を、マッサージ器の先端が回転しながらあたりに飛ばす。

「クリがすっごい、震える、ひうっ、うう、あああんっ」

志朗の唇に、マッサージ器が飛ばした愛液がついた。

濃厚な匂いを放つ本気汁を舌で舐める。

先ほど味わったときよりも、色も味も淫蕩なものに変わっていた。

志朗がバイブをピストンするテンポをあげると、ほのみはよがり泣いた。

「ふひっ、ひっ、ひいいっ」

快感に狂いそうになりながらも、ほのみは頭をあげ、愛撫されている様子を凝視している。バイブを咥えた淫唇からは白濁の本気汁がにじみ出ていた。

「やんっ、も、もう……我慢できないのっ、出ちゃう、あ、あああああっ」

ほのみが絶叫とともに、太股を痙攣させた。

ブシュウウウッ！

派手な音をたてて、蜜潮が噴き出る。

真正面にいた志朗の体に、ほのみのイキ潮が降り注ぐ。

「あおお、おお、止まらないっ、ああああっ」

激しいイキッぷりだった。無毛の秘所からシャワーのように潮を噴きながら、何度も体をくねらせ、喘いでいる。

「あ、ああ……」

ほのみがガクッと力を抜いた。しかし、まだ両腕は太股を抱えたままだ。

志朗がバイブとマッサージ器をはずしても、ほのみはピクリともしない。

(余韻に浸ってるんだ……だったら)

淫らにイキ狂う姿を見て、志朗のペニスも痛いほど勃起していた。

バイブが抜け、寂しそうなほのみの股間にペニスをあてがう。

「え、あっ、ちょっと待って、イッたばっかりだから……おおおおっ」

達したばかりの蜜肉に、今度は肉棒をぶちこむ。

バイブがよかったので、志朗のペニスではもの足りないと思われたらどうしよう、という怯えはあるが、それよりも肉欲のほうが勝っていた。

「何回もイク姿を見ていたら、我慢できなくて」

先ほど交わったときも新鮮なうねりを見せていた蜜肉は、今度は貪欲なうねりでペニスをくるんでくる。挿入しただけで、背すじに汗が浮くほどの快感が走った。

「あん、んんっ……イッたばっかりなのに、挿れられたらマジすごい……」

ほのみは涙目だ。少なくとも、あんたよりバイブのほうがよかった、ということにはならなかったようで、小心な志朗はひと安心した。

「イッたばかりのオマ×コ、とろとろしてて最高ですよ」

志朗が蜜肉を味わいながら、ゆったりと律動する。

緩慢な動きでも、与えられる愉悦は大きいらしく、ほのみは、かすかな喘ぎ声を絶え間なく漏らしていた。

「あの……一度やってみたいのあってさ……」

荒い息の合間に、ほのみが囁く。

「どんなプレイですか」

「おっぱいに低周波治療器つけて、ビクビクさせながら、エッチしたいの」

ほのみが期待のこもった目で志朗を見つめていた。

そういえば、そんなプレイを志朗もAVで見たことがある。

「じゃあ、低周波治療器はほのみさんがつけて……俺はこっちに集中しますから」

志朗は、抜き挿ししながらほのみの様子を観察していた。

低周波治療器を使ったオナニーも慣れているのか、手ぎわよく両乳首に低周波治療器のパッドを貼っていく。準備が整ったところで、ほのみが口を開いた。

「リモコンのスイッチ、入れて……ここ押すだけだから」

とろんとした目尻がさらに下がり、快楽に酔ったようになっている。

自分がするより、誰かに主導権を握られたほうが愉悦が大きくなる、と先ほどのバイブプレイで学んだようだ。

「いいですよ……おっぱいでもイキまくってくださいね」

志朗は、ほのみが指さした低周波治療器のリモコンを押した。

ビクンッ、と音をたてて乳房が跳ねる。電気が流れて、筋肉が動いたのだ。

「おほうっ」

機械による乳房愛撫を目の当たりにするのは、はじめてだ。電気が流れるたびに震える柔肉は、拷問をかけられているように見える。

しかし実際のところは、快感となってほのみを甘い世界にいざなっているようだ。

「おおっ、おおおっ」

低周波治療器が電気を流すたび、ほのみの肢体がうねる。

そうすると、ほのみの蜜肉も強い締まりを放っていた。

「あん、おっぱいも、オマ×コも……いい、いいっ」

小麦色の肌をしっとりと汗で濡らしながら、ほのみは愛欲に悶える。

ほのみが太股を抱えていた手から力が抜ける。両腕は頭の横に置かれていた。それが律動と、低周波治療器の電気が走るたびに艶めかしく揺れる。

「……本当にエッチが好きな奥さんだ」

志朗も、ほのみが見せる痴態に煽られ、欲情で頭が沸騰しそうだ。

ほのみの両手を重ねて頭の上に固定させると、志朗はすばやい律動を放った。

「くあんっ、はんっ、あんっ、奥、奥に来てるっ」

いやらしい日焼け跡のついた乳房を上下に揺すぶりながら、ほのみが喘ぐ。

雨が強い日でよかった。この雨音がなければ、このアパート中にほのみの喘ぎ声が響いていただろう。

「おおっ。すっごいですよ……オマ×コ全体でチ×ポをくるんで」

「くるんでないの、あたし、なにも、あん、あん、あんっ」

あられもない声を漏らしながら、ほのみが尻を振る。

子宮口は快感のために下りてきたので、亀頭に当たった。

抜き挿しのたびに溢れる愛液で、志朗の太股もしっとり濡れる。

(乳首でもすごく感じて……あそこでも感じてる……残るは……)

志朗は布団の上にあったピンクローターに目をやる。交わりながらクリトリスを愛撫するために、回転するマッサージ器も考えたが、あれは大きくて正常位だと使いにくい。正常位で使うなら、小さいローターのほうがいいだろう。

「ふたりでもっと気持ちよくなりましょうよ」

志朗はそう囁いて、ほのみと唇を重ねた。愛欲に燃えたほのみは、すぐに志朗に舌を差し出し、からめてくる。

ふたりは唾液を互いに啜りながら、腰を艶めかしく動かしつづけた。

「ん……んん！」

目を閉じてキスをしていたほのみが、目を見開いた。

クリトリスから伝わる快感に驚いたのだ。

志朗は、キスでほのみの気をそらした隙に、ピンクローターを手にとってスイッチを入れると、陰核にあてがっていた。

「あふっ……お、オマ×コも、あそこも、おっぱいも……よすぎて……」

ほのみは口の端から涎を垂らし、ヒイヒイと喘いでいる。

総身を走る愉悦の激しさは、汗で濡れる肢体が物語っていた。

額には玉のような汗が噴き出し、こめかみを伝っていく。

「いいですよ、イッて、ほら、ほらっ」

志朗は上半身を反らせると、腰を突き出した。

「おほおおっ」

結合が深くなり、ほのみの足の指がくの字に曲がる。

志朗は片手でローターを持ち、ほのみのクリトリスにあてがいながら、律動のピッチをあげた。ピンクローターの振動がクリトリスから内奥に伝わり、蜜襞が震える。

「こっちもいい……いいですよ、ほのみさん」

「あお、ほお、ほおっ、あうっ」

ほのみに志朗の声は届いていなかった。

相貌を左右に振って、快感に打ち震えている。そのたびに相貌からは汗が、股間からは潮が飛び散った。布団は汗と愛液で濡れ、淫らな匂いを放っている。

五感を刺激する興奮に、志朗の体もたぎる。

「あん、ナカでオチ×チンが跳ねるのっ、うっ、あんっ、イク、またイクのっ」

乳首を電気でビクビクさせながら、ほのみがのけぞっていく。

「ああ、俺もイキそうだ」

「イッて、イッて……も、もう限界なのっ」

「イク……おお、出しますよ、おおっ」

志朗が腰を震わせると、大量の白濁が人妻の肉壺に注がれていった。

4

ほのみの胸から低周波治療器をはずして、志朗は体を起こす手助けをした。

「手伝ってくれてありがと。マジ、体がヘトヘトで動けない」

志朗が抱き寄せ、水の入ったグラスを近づけると、ほのみは喉を鳴らして飲んだ。

「潮噴きしすぎて、水分不足になりそう」

布団の下半分はイキ潮で湿っている。言いかえれば、それほどの水分をほのみが出したことになろうのだ。

「はじめて潮噴いちゃった……すごくよかった……」

ほのみが水をグラスから飲んで、そして志朗と口づける。

「ごく……ちゅ、ちゅ……」

淫らなプレイを繰りひろげても、まだ足りないと言わんばかりに、ほのみは舌をからめてきた。志朗もまた、ほのみが次々と見せるいやらしい姿のせいか、射精しても賢者タイムは訪れず、ペニスは勃起したままだ。

「絶倫なの……すっごい」

ほのみが目をまるくした。

「旦那は、一回ヤッたら満足しちゃうのに」

「旦那さん、浮気するから性欲が強いと思っていました。意外ですね」

「うちの旦那はさ、エッチしたあとに、ぎゅっとするのが好きだったんだよね。でもさ、結婚式が近づいてから、あんまりぎゅっとしてくれなくなって。飽きたのかな」

結婚式の頃――ほのみは痩せていた。出会った頃のほのみは――ふくよかだった。

志朗の頭で断片的な情報がつながり、形となった。

「旦那さんのマッチングアプリの画面、撮ったって言ってましたよね。見せてもらえますか」

突然の申し出にほのみは怪訝《けげん》そうだったが、志朗に言われたとおり、その画面を表示した。それを志朗はじっくり見て――。

「やっぱりだ」

「なに……え、なになに？」

「旦那さん、ふくよかな女性がタイプなんですよ」

マッチングアプリで候補に入れた相手の写真やスリーサイズを志朗は指さした。

写真の女性はみな、大柄でくびれがなく、ヒップが大きい。

出るところが出て、引っこむところが引っこんでいるほのみとは大違いだが——結婚が決まってからダイエットしてこの体形になる前のほのみは、写真を見る限りほのみの夫の浮気相手に近い体形だったはずだ。

「え、えええーっ！」

「ほのみさんが嫌いになったというより……自分の理想の体形じゃないから、浮気したというのが真相かも」

「でもさ、浮気してたのはあっちだし、あっちが悪いし……」

口をとがらせているが、ほのみが夫に未練があるのは志朗にもわかっていた。

未練がなければ、こんなにも淫具を買って自習したり、少しでも色っぽく見えるように日焼け跡をつけたりしない。

「すぐにどうこうしなくてもいいと思いますよ。今日は、俺といっぱい楽しんで……それから明日からのことを考えればいいんじゃないですか」

この推理が当たっているとは思えないが、自分の魅力不足と思いこんでいたほのみが前を向くきっかけになればそれでいい。

志朗はほのみを抱き寄せ、次のプレイへの期待で胸をふくらませていると——。

「マジで志朗さんの言うとおりかも」

間近にあるほのみの瞳が力強くなった。

「浮気したのは許せないけど、今度、話してみようかな」

ほのみは、やはり夫のことが好きなのだろう。

「ありがとうね、志朗さん」

ほのみが、ちゅっと頬にキスした。

「お礼を言うならこっちですよ。すごくエッチな夜をありがとうございます」

「ねえ、また違うエッチの世界、知りたくない」

ほのみの瞳が妖しく輝く。

なんだその、あなたの知らない世界みたいなエッチの世界は。

(そうだ、ほのみは「ムー」愛読者。となれば、サイキックセックスとか、そんな妙なセックスの話題を出してくるのでは……)

猛っていたペニスが力を失いかけたとき、ほのみが口を開いた。

「アナルセックス……興味ある？」

ミキッと音がして肉幹に血管が浮かぶ。

「あります……経験はないけど。ほのみさんは経験あるんですか」

「アナルセックスはないけど……旦那を喜ばせるために自習してたんだ」

さすが真面目の権化。熱心だ。

「アヌスって、段階を踏まないとセックスまでできないんだけどさ……あたし、ちゃんと自分で拡張したんだ」

ほのみが布団の脇に転がる淫具に目をやった。

「旦那でアナルバージン捨てようと思ってたけど……志朗さんにお礼したい。だから、あたしのアヌスのはじめて、あげる」

「いや、それは旦那さんのためにとっておいたほうが」

志朗は慌てた。

間男していても、相手が別居していても、それは少しまずい。

「今日のアナルセックスがよかったら、旦那と試そうかなって。ま、仲直りできるかわからないんだけどね」

平たく言うと、志朗でアナルセックスがいいか実験したいということなのだろう。

(なんだかんだ言って真面目で、旦那さんが大好きなんだな……)

志朗は間男ながら、ほのみの夫への熱い想いに胸を打たれていた。

「いいですよ、そういうことならお手伝いします」

「志朗さんならそう言うと思った。だって、どスケベだから」

ほのみが猛りを増したペニスを、輪にした手でくるんだ。

「ん……おお……」

愛液と先走りで濡れたペニスを細指でしごかれて、志朗は呻いた。

「すっごい、ガッチガチ。そうだよね、オマ×コでいっぱい潮噴きさせるエッチなオチ×ポだもんね」

ほのみは淫らな囁きで、志朗の心を昂らせていく。

「ほ、ほのみさん、俺、もう……」

挿入したくてたまらない。その意をくんだほのみが、布団の上で四つん這いになった。先ほどアナルセックスの誘いを受けたばかりだが、いまは蜜穴にペニスを埋めたくて仕方がない。蜜口に亀頭をあてがい、グッと腰を進める。

「あん……あんんんっ、いい、オチ×チン、いいっ」

ほのみが尻をきゅっとすぼませた。快感で若尻にえくぼが浮いている。

求めていた熱と感触に、志朗は口をほころばせた。

「ほのみさんのオマ×コ、また熱《あつ》くなってますよ……ああ、いい……」

陶酔した志朗の視界に、黒い鞭《むち》のようなものが入った。

ほのみが布団のそばに落ちていたのを志朗へと渡してきたのだ。

「これは……」

「あ、アナルバイブ……まずはこれで慣らして……」

志朗は、それを持ったまま固まった。

はじめて見たこの淫具の扱いがわからない。戸惑っていると、ほのみが自分から尻穴に指を這わせ、ほぐしていた。

指が濡れ光っているのは、ローションをつけているからだろう。

「おおっ、アヌスを刺激するとこっちも……」

ほのみが薄褐色の肛穴の中に指を入れていくと、蜜穴のほうも新鮮な動きでペニスを責めてくる。いや、蜜穴が動いているのではなく、肛道の刺激が、薄肉を隔てた蜜肉のほうにも伝わっているのだ。

(これはいい……アナルセックスなんて俺に関係のない世界だと思っていたけど)

新たに味わう快感が呼び水となり、アヌスへの欲望がムクムクふくらむ。

「次はローションをお尻の穴につけて、バイブを挿れて……」

蜜穴で交わりながら、己の肛穴を刺激したことで、ほのみも興奮していた。結合部からこぼれる愛液で志朗の陰嚢《いんのう》が濡れるほどだ。

「じゃ……じゃあ、行きますよ」

言われたとおりに志朗はローションを手にとって、アヌスの上から垂らした。

「はあっ……ああっ……」

アヌスを指でくすぐっている最中に、冷たいローションで刺激されて、ほのみは甘い声をあげた。膣肉のうねりが強くなる。

「バイブちょうだいっ」

アナルバイブは、蜜穴用のものより細く、長い。慣れていない者には挿入しにくいだろうが、準備万端のほのみは大丈夫そうだ。志朗は己の男根を呑みこんだ女陰の真上にあるすぼまりに、バイブの先端を当てた。

ヌプヌプ……ププププ。

聞きなれない音をたてて、バイブが肛道を進んでいく。

「あふっ、オナニーとは違うっ、あああ」

「おお、これは……」

ほのみは結合したままのアナル挿入で、いままでにはない快感を覚えたようだ。志朗もほのみと同時に愉悦を襲われていた。バイブが肛道を塞いだことで蜜穴からペニスへの圧迫感が強くなっていた。背すじは快感の汗でしっとりとしている。

「ああう……動いてっ」

ほのみの声が差し迫っていた。男根だけでイキそうなのだ。

志朗は慌ててアナルバイブを前後に動かした。

「あ、あおおお、お尻が、お尻も、いい、いいっ」

ほのみは枕を抱いて、尻を振りたてる。みっしり汗の浮いた小麦色の肌が、艶めかしく揺れていた。

あそこの締まりがよくなっている。このままだと、蜜穴で射精しかねない。

「ほ、ほのみさん、アナルセックスさせてくださいっ」

志朗はバイブを人妻の後ろ穴から引き抜いた。

すぼまりを埋めていたものがなくなり、アヌスがヒクつく。

「来て、志朗さん、あたしのアヌスに来てっ」

ほのみがうわずった声で、挿入をせがんだ。

ネイルされた指をすぼまりに添えると、クチュッと音をたててアヌスが開く。

志朗は蜜穴から抜いたペニスを、アヌスにあてがった。

「いいですか。バイブよりちょっと太いですよ」

「いいの、ぶっといのが欲しいのっ」

アナルバイブより数倍太いものを受けいれるには、薄褐色のすぼまりは頼りないほど小さい。志朗は、しばし躊躇した。

しかし、互いに欲望の炎に包まれ、とどまれないところまで来ている。

「行きますよ……」

志朗が腰を進めると、最初に、すぼまりが反発した。

ほのみのサポートもあって、亀頭はじょじょに肛道の中を進んでいく。

「あおお……ううぅっ」

ほのみが苦しげな声をあげた。痛いならやめようか——そう思ったとき、淫裂の反応を見て、志朗は考えを変えた。そこからは白濁した本気汁が糸を引いて垂れている。

ほのみは、後ろ穴でしっかり快感を得ていたのだ。

「これがアヌスの締まり……すごくいい……」

亀頭が呑みこまれたとたん、挿入はスムーズになった。

挿入時に味わった菊門の締まりは予想以上で、志朗は、食いちぎられるとはこういう感覚かと驚いた。

「ぶっといのがいいっ、すごく、いいっ」

ほのみが布団に顔を擦りつけ、菊門での快楽から叫ぶ。

「アヌスでひとつになりましたよ、ほのみさん。アナルバージン、もらっちゃいました」

「はぁ、はぁっ、やだ、思った以上に気持ちいいっ……」

尻の穴をひろげるポーズをとったまま、ほのみは喘いだ。人妻が呼吸するたびに、それに同調してアヌスが締まる。

尻肉がもたらす愉悦で、志朗の背は汗でまみれだ。

「こっちもです。動いていいですか」

「う、うん……最初はゆっくりして……」

あまりにスムーズに来ていたので忘れていたが、お互いにアナルセックスははじめてなのだ。人妻のアヌスを壊さないように、志朗は時間をかけてペニスを引いた。

「あ、あああぁ……なにこれ、変なの、気持ちいいのっ」

「こっちもです、すごく締まる」

志朗はこめかみから汗を垂らしながら、ペニスをまた挿入していく。

ほのみの括約筋に力が入り、肛穴で肉棒を食いしめていた。蜜肉では味わったことのない鮮烈な圧搾に、志朗の汗も止まらない。

「オチ×ポでひろがったお尻が、いいぃ、いいいっ」

初アナルセックスで、ほのみは思った以上の快感を覚えているようだ。尻穴をいためないようにゆっくり律動していたが、受けとる快感がふくらむにつれて、志朗の動きが大胆になった。

「あん、んっ、オマ×コを犯されてるみたいっ」

（アナルセックスがこんなに気持ちいいなんて……）

背徳感あるプレイとして期待してはいたが、正直快感はそうでもないと思っていた。しかし、奥まで挿入したときに根元が受ける愉悦は、蜜肉では味わえない強烈なものだ。肛穴特有の強い食いしばりのせいで、志朗の全身は汗で光っていた。

「すごくいいっ、アナルセックス、いいの、ああ、ああんっ」

ほのみの腰が前後に動き、ピストンを誘う。

志朗もゆるやかな抜き挿しでは我慢できなくなっていた。

「行きますよ……痛かったら言ってくださいね」

ほのみの張りがある尻に手を置いて、志朗がピッチをあげていく。

ほのみも尻で愛欲を受け止めながら、切れぎれの声でよがる。

志朗の腰とほのみのまるい尻がぶつかり合い、エロティックな衝突音を繰り返す。

「いや、いやあ……お尻で、イ、イクッ」

ほのみはアヌスだけでなく、蜜穴でも快楽を得るようだ。

肛穴の下の蜜裂に己の指を入れて、グチュグチュとかき混ぜている。

アナルセックス中に自慰するほのみの姿は志朗をさらに興奮させた。

「スケベな人妻だ……最高ですよ、ほのみさんっ」

志朗は欲望を堪えきれず、射精に向けてラッシュをかける。

「ほお、お、ほおお、イク、すごい、もうダメっ」

愉悦の潮が蜜穴から噴き出し、志朗の腰にかかる。

志朗は蜜汁で濡れた腰を盛んに振って、アナル掘削を繰り返した。

「おお、ダメ、もう、私アヌスでイク、イクウウウウッ」

ほのみが目を閉じ、叫んだ。

「ああ、おお、俺もアヌスで、イクッ」

志朗も絶頂にいたったアヌスの締まりを受けて、欲望を解き放った。

亀頭からドクドクと音をたてて白濁が直腸へ注がれる。

「あう……うう……」

若妻は精液を菊穴で飲みほしながら、尻をヒクつかせていた。

第四章　奔放なセレブ人妻

1

都会のど真ん中にまさか温泉があるとは。

志朗は麻布十番《あざぶじゅうばん》の黒湯温泉に来ていた。

ここはさほど大きくない店だが、源泉かけ流しの温泉なのだ。

（遠出しなくても、これだけの温泉が味わえるんだな。さすが温泉大国ニッポン）

志朗はぬる湯に浸かりながら、疲れをとる。

仕事で受ける苦情の中には、お怒りごもっとも、というものももちろんあるが、どうしてそれが苦情になるのか、という理不尽なものも多い。

苦情処理係での一週間が終わると、疲れがどっと出た。

(温泉のせいで島流しになって、温泉で疲れを癒すとはおかしな話だけど)

そもそも、志朗が添乗員から苦情処理係に異動させられたのは、上客である本郷夫妻を秘湯に案内したからだ。

在原業平にまつわる秘湯に案内したはいいが、そこで志朗と本郷夫人は湯に落ちてしまった。

(奥様を助けようとしたのに、無様に俺もいっしょに落ちてしまったから……)

本郷は激怒し――いまにいたる。

(あのとき、奥様は怒ってなかったけど……)

本郷を怒らせるまでの日々を思い出す。夫妻を案内するのは楽しかった。

本郷は、興が乗ればその場で歌を詠む粋人。本郷夫人は事前に行く場所を予習したうえで、現地での発見や、疑問点を志朗に尋ねてきた。

そのときの本郷夫人の相貌を思い出す。ぼかしたような美しい瞳に艶やかな唇。

(奥様……いまはどうしているんだろうか)

胸が疼《うず》く。半身を失ったような寂しさが心を吹き抜けた。

(なにを考えてるんだ。俺とは身分も違うんだ。思ったところでどうしようもない)

ぬる湯と言っても、長く浸かるとのぼせてしまいそうだ。

風呂からあがり、男湯からあがった志朗は、ロビーでフルーツ牛乳を飲んだ。ロビーはあまり広くないので、休んだらここを出たほうがよさそうだ。

大使館そばだからか、客層も様々だった。地元の常連さんといった客から、外国から来たとおぼしき客に、ランナー姿の客。

この温泉はランニングステーションになっているらしく、ランナー用のロッカーを完備している。着がえて走りに行くランナーや、走り終えて爽やかに暖簾をくぐり、汗を流しに温泉に入るランナーもいる。

(裸の異文化交流……いいもんだな)

運動とは縁のない志朗は、古風なマッサージ器に肩をたたかれながら、その様子を見ていた。

「いらっしゃい！　お疲れ」

ドアを開けて入ってきたランナー姿の女性に、店員が声をかけた。

女性は温泉の下足箱にシューズを入れてから、ランニングキャップをとった。

頭を揺すぶって、汗で濡れた髪を下ろす。柔らかなリンスの香りを放ちながら、長い髪が肩に落ちた。

（おお……）

ノーメイクでも目を引く美貌だった。

色白の肌に、儚《はかな》げな一重の目。

すっきりしたフェイスラインと目もとから、着物の似合いそうな和風美人に思えた。水色のTシャツを盛りあげるバストは形よい。Tシャツの胸のあたりが汗で濡れて、体に張りついていた。ランニングタイツに包まれた足はすらりと伸び、ヒップの部分で優美なカーブを描いている。

（俺はいま……猛烈にこの女性《ひと》を抱きたい……）

股間に熱が集まる。

（いかん、いかんいかん）

町歩き用のチノパンなので、股間がふくらむと目立つうえに痛い。

これまで三回、女性と運よくベッドをともにできたが、麻布十番でそんな幸運があるとは思えない。志朗はフルーツ牛乳を飲みほすと、空き瓶ラックに瓶を置いて、そそくさとロビーを出ようとした。

「ちょっと待って」

ランナー姿の女性が志朗に話しかけてきた。

「私ですか」

「そう。以外と早かったのね。温泉に入ろうかと思ったけど——今日はこのまま行こうかしら。荷物を持ってくるから、先にここで待っていて」

女性がスマホ用アームバンドからカードを出して志朗に渡した。

カードに書いてあるのは、ホテルにあるラウンジだ。しかも、高級ホテルの——。

「誰かと人違いしてませんか、あなたとは初対面で、なんの約束もしてないですが」

「うそっ、てっきり……でも、これもご縁ね。お時間あったら、デートしませんか」

女性が視線を下へと移す。

志朗は慌てて股間を隠したが、勃起していたのを見られてしまった。

「大人がお互いその気なんだから、オッケーね。そこで待っていて」

女性が志朗に顔を寄せて囁く。

耳が熱を持つ。股間から先走りがにじむ。

いますぐにでもこの女性を抱きしめたい衝動と、志朗は戦っていた。

「はい……」

志朗は本能に降伏した。なにがどうなるかわからないが、もうどうにでもなれだ。

どうせ明日からはまた苦情を聞きまくる毎日だ。

志朗は女性にもらったカードにかいてあるホテルのラウンジへ向かった。

2

志朗は目をしばたたかせた。

「ずいぶん、驚いているのね」

「そりゃそうですよ。夢みたいで……」

とある高級ホテルの一室にふたりはいた。

女性は麻衣子《まいこ》と名乗った。本名かどうかはわからない。

年齢は三十五歳と言っていたが、見かけだと三十歳くらいにしか見えない。

ラウンジで飲んでいた志朗のところへ、荷物をとってきた麻衣子が合流し、誘われるまま部屋へと来た。

眺めのよい部屋だ。窓からは夜へと切りかわる前に太陽が鮮やかなオレンジ色を放つ景色が見える。紺の夜空と朱の夕空がダイナミックにせめぎ合っていた。

「まさか、俺がそういう人と間違えられるなんて思わなくて」

麻衣子は志朗を出張ホストの男性と勘違いして声をかけたのだった。

出張ホストとは、男性が報酬を受けとり、女性とデートなどをするサービスだ。

女性が望んで、その分の料金も払えばそれ以上のサービス提供もあるようだ。

麻衣子はネットで指名したホストと、麻布十番のランニングステーションで待ち合わせしていた。偶然にも、志朗と指名したホストが似ていたのだという。

「ああ、それね。ふだんは若いイケメンやマッチョ君を指名してるんだけど、たまには趣向を変えようと思って。それでお店でいちばん普通に見える人を指名したのよ」

イケメンだから間違われたわけではない、という当然の事実を聞かされて、改めて志朗は落ちこんだ。

「でもね、あなた、あっちの人特有の色気があったの。だから、間違えちゃった」

麻衣子が志朗に後ろから抱きついてきた。

背中に、麻衣子のバストが当たる。ほどよい大きさのまるみを感じて、志朗の股間はチノパンの下で大きくふくらんだ。

「もうキツいから……ベルトはずしていいですか」

蠱惑的な汗の匂いとシルクのような肌に触れたために、肉棒は暴発寸前だ。

「ふふ、温泉で私を見たときから元気になっていたものね」

麻衣子は汗で濡れたTシャツを着がえていたが、シャワーは浴びていない。

慣れた感じで跪《ひざまず》くと、志朗のベルトをはずして、ファスナーを下ろした。

ボクサーパンツの上部から、亀頭がちろりと顔を出している。

「元気ね……いただいちゃお」

麻衣子が紅いリップを塗った唇を開いて、ペニスを咥えた。

楚々とした美女なだけに——頬をへこませ、フェラチオをする姿から受けるギャップが大きく、志朗はひどく興奮していた。

(エロいうえに、うまい……)

ジュル、ジュルっと唾液の音をわざとたてて、男心をそそりながら吸いたてる。

そして、細指で陰嚢をそっと包んできた。

「お、おお……」

志朗は立ったまま、膝を震わせた。

「ん? 志朗さん、ここのマッサージは、はじめてかしら」

麻衣子が唇をはずして、ペニスをしごきながら尋ねてきた。

「は、はい……こんなに気持ちいいんですね」

「まだまだ開発の余地ありね。楽しい夜になりそう」

麻衣子は、はむっと音をたてて、また男根を咥えた。

巧みな口淫に、先走りがじゅわっとあふれ出る。

「麻衣子さんは、どうして出張ホストを……美人だし、恋人なんてよりどりみどりな感じなのに」

「もう、そういう質問はダメ」

フェラを中断して、麻衣子が口をとがらせた。

「すみません、立ち入ったこと聞いちゃって」

「特別に教えてあげる。出張ホストを呼ぶ理由はね……」

麻衣子が志朗の手をとって、ベッドへと誘う。

そして、肩を押してベッドに押し倒すと、志朗の両手を頭の上に掲げさせた。

カチャ。

手首に冷たい感触があり、志朗は驚いてそこを見た。

手錠がハメられている。手錠の片方の輪にはロープがつけられ、ベッドの足へと伸びているようだ。

「麻衣子さん、これは」

もう片方の手にも手錠がかけられ、志朗は身動きがとれなくなった。

「あと腐れがないし、こういうプレイができるから。旦那のことは好きだし、愛してる。でも、セックスの相手としては燃えないの。だから、一夜限りのエッチを楽しむために、出張ホストとするの。お金のやりとりだけで終わるでしょ」

麻衣子の左手の薬指には、金の結婚指輪が光っていた。

高子と同じ金の結婚指輪だ。もう手の届かない高子を思い出して、志朗はせつなくなった。

「俺、プロみたいなことできませんよ。たいした男じゃないです」

「うーん。こう見えて、私、見る目には自信があるから。あなたは大丈夫そう」

麻衣子がランニングタイツを脱いだ。下は、通気性のよさそうなスポーツ下着だ。メッシュ素材なので、縦スジにそった叢の黒が下着から透けている。

「見て、オマ×コのところ……あなたとなにをするか考えただけで、濡れてる」

麻衣子が下着の前部分を引っ張って持ちあげると、股部分の布の色が変わっていた。

そこから、汗と女のアロマが香ってくる。

「シャワーのあとで、あそこをたっぷり舐めてもらおうかしら」

興奮で目もとを紅潮させた麻衣子が囁く。

「シャワーなんていらないですよ。麻衣子さんのオマ×コ、いますぐ舐めたいです」

拘束され、身動きのとれない志朗は、腹筋に力を入れて体を起こそうとする。

「うふっ、思った以上にワイルドでエッチな人ね……そういう人、好き」

麻衣子がショーツを脱いで、志朗の口もとに投げた。志朗は首をめぐらせて、汗と愛液がたっぷりしみこんだショーツをチュウチュウ音をたてて吸った。

汗の潮気と、愛液の潮味が混ざって、淫心をたぎらせる味だ。

「おいしい？　かわいい顔して下着を味わって……ああん、興奮しちゃう」

麻衣子がM字に開脚して、濡れそぼった秘所を見せつけた。

縦スジを多う叢はアルファベットのIになるように整えられ、陰唇のあたりは無毛になっていた。肉土手が、窓からの淡い光を受けてキラキラと輝いている。

「あ、ああ……麻衣子さん」

志朗の股間はみなぎり、先走りで濡れた切っ先が臍に当たるほど反り返る。

志朗は指をひらひら動かした。女体に触れたい。しかし、動きは封じられている。

己の渇望を示すように、首を伸ばし、舌を伸ばした。

「どうしたの、志朗さん」

麻衣子がクチャッ……と音をたてて、蜜肉を左右にくつろげた。

サーモンピンクの肉襞があらわになり、志朗の視覚を刺激する。

襞肉は蜜汁で光り、男を誘うようにヒクついている。

「したいでしょう……させてくださいよ」

「なにをしたいの」

麻衣子は足をM字に開いたまま、艶然と微笑む。

「麻衣子さんの、ビチョビチョのオマ×コを舐めさせてください」

欲望にせかされ、志朗はいやらしい言葉をほとばしらせた。

「ランニングあとの汗まみれのオマ×コでも、いいの」

「いいです。その汗まみれのマ×コを俺にくださいっ」

「ふふ、かわいい……じゃあ、舐めて……」

麻衣子が腰をせり出して、股間を近づける。志朗は舌を突き出して待ち構えた。

汗の香りと、愛欲のアロマが濃くなる。

舌が当たった。汗の味がひろがる。そして、股間が押しつけられる。

(おお……汗の匂いが濃い……ランニングのあと汗を流していないからワイルドな風味だ。少し酸味ある汗の匂いと発情した愛液の味がまざって俺の本能を刺激する)

志朗は喉の——欲望の渇きを我慢できず、舌を内奥で上下させた。たっぷりと愛液をすくうと、舌を動かして嚥下する。

「あうっ……ううんっ」

麻衣子がクンニリングスされながら、腰をグイグイこちらに押しつけてくる。

息が苦しい。しかし、自分の思うように振る舞えない状況で、淫らな行為にふける背徳感で、志朗はひどく興奮していた。

「いい、上手、あんっ、いい、いいっ」

麻衣子が仰向けになり、志朗の舌愛撫で悶える。

「私もクンニだけじゃ足りないっ……ハメよっ、ねっ」

麻衣子がたまらないといった雰囲気で、志朗に囁いた。股間が離れるとき、志朗の口もとと麻衣子の肉襞をいくすじもの愛液の糸がつないでいた。

「黒光りしてる……エッチをいっぱいしてるオチ×ポね」

志朗のペニスを握り、麻衣子がしごいた。

そして、ぬめりがよくなるように、口にためた唾液を上から垂らす。

麻衣子は、どうすれば男の本能を刺激できるか知りつくしている女性だ。

経験豊富な女性のリードを受け、志朗の期待は限界を迎えていた。

「麻衣子さん、ハメて……ハメてください」

欲望を我慢できない。志朗は腰を上下させ、女体を求めた。

「ふふ、男の人がそう言うの、好きよ。私も、もう限界」

麻衣子の腰が下りて、蜜襞が男根をくるむ。

「おお……いい……」

甘美で強烈な圧のある肉道だった。ランニングで鍛えているだけあって、腹筋だけではなく、内奥も締まっているのだろう。

「志朗さんのオチ×ポ、おいしいっ。ナカで、反ってるっ、あふっ、ふっ」

適度な脂肪と筋肉のおかげで美しいヒップラインを描く美臀を、麻衣子が前後に振る。ピッチも速く、肉棒に快感が走る。ふたりは互いに荒い息を吐いていた。

「締まりがすごいっ。たまらないですっ」

志朗は歯を食いしばった。

(受け身も気持ちがいいな……こんなセックスもあるんだな)

額に汗しながら、志朗は腰を揺すぶった。

「ううっ、あ、そこ、そこ」

麻衣子が前後に股間を動かすのなら、志朗は腰を左右に揺すぶって、男根の当たりを変えてみる。すると、麻衣子の思いもしない場所に亀頭が当たったらしく、麻衣子がよがり声をあげた。

着衣ではもの足りなくなった麻衣子がスポーツブラをとろうとする。

「そのままでいてください。スポーツブラ姿の女性とエッチするのはじめてだから」

機能重視で、無駄のないデザインのブラは、健康的なエロスを放っていた。スポーティーな姿で男に手錠をかけ、女性上位で交わる麻衣子は淫蕩だ。

容姿と行為のギャップが男の欲望をそそる。

「エッチね……じゃあ、これはどう」

麻衣子がブラジャーを上にずらして、乳房を出した。お椀《わん》のように形のいい乳房が、腰を使うたびに揺れた。興奮で屹立《きつりつ》したワイン色の乳首と乳輪は小さく形がよい。

「素敵だ……」

志朗が乳首を求め舌をそよがせても、麻衣子は微笑んだだけで近寄らない。焦らして楽しんでいるのだ。

引きしまった尻が上下に動くたび、ペニスから鮮烈な快感が駆けあがる。

「はん、あんっ、あんっ、太くて長いっ、いい、いいオチ×ポなのっ」

子宮口に切っ先が当たると、麻衣子の嬌声が大きくなった。

ランニングでかいた汗の上に、愉悦の汗が浮いてくる。女裂が放つアロマに濃厚な汗の香りが混ざり、目眩《めまい》がするほどいやらしい匂いとなって部屋にひろがった。

「麻衣子さんのあそこ、生き物みたいに動いていやらしいですっ」

志朗は腰を上下に動かし、麻衣子の奥を突く。

「あん、んんっ……上手っ、志朗さん、出張ホストでも食べていけるわよっ」

麻衣子がのけぞり、腰の動きが止まる。尻がヒクついているところから、快感で身動きがとれなくなったようだ。

今度は志朗が主導権を握った。上下動の振幅を大きくし、内奥を強く突く。

「あおお、おおおっ、すごい、いい、おおっ」

スポーツブラの下で、お椀形の胸がダイナミックに揺れる。爽やかな白のスポーツブラだけに、その下から出ている乳首のワイン色がいやに艶めかしく見えた。

本能のまま、志朗はラッシュのテンポをあげた。

「ひい、ひい、いい、好き、このオチ×ポッ、好きっ」

麻衣子はM字に開いた足をガクガク震わせながら、のけぞっていく。

「俺も麻衣子さんのオマ×コが好きです、おお、おおっ」

ジュボッ、ジュボッと濡れた音を放ちながら、肉棒の抜き挿しが繰り返される。

最初は粘度の高い愛液が垂れていた蜜裂からは、ハメ潮がピストンのたびに音をたてて噴き出した。

「あう、私、もうイク……イクぅっ……」

太股の内側に、筋肉の線が深々と刻まれた。

「俺も、おお、我慢できないっ……」

数度強く突いて、こちらも限界だと伝える。

「ナカに出しますか。それとも、外？」

「一度目は、お顔にパックって決めてるの……」

麻衣子が蠱惑的に微笑んだ。フィニッシュは顔に、ということだ。

手錠がなければ、覆いかぶさって顔にかけたのだが、この状況ではそうもいかない。

「ああ、イク、イク……あああああっ」

派手な音をたてて、麻衣子の股間から潮が降り注ぎ、志朗の腹を濡らした。

「麻衣子さん、抜いてっ……俺も、イクッ」

志朗の亀頭がふくらむ。

と──。

麻衣子が結合をほどいて、四つん這いになり、志朗の股間に覆いかぶさった。

我慢の糸が切れた肉筒から、男の欲望が放出される。

麻衣子は、うっとりした表情を浮かべ、白濁を顔で受けた。

和風熟女の美貌を精液で汚すことに背徳感を覚えながら、志朗は腰を震わせ、最後の一滴まで絞り出していた。

3

麻衣子がシャワーを浴びている。

志朗の手錠ははずされていた。

「私がシャワー浴びている間、飲んでいていいわよ。それともいっしょに浴びる？」

麻衣子にシャワーを誘われたが、志朗は断った。

いまはベッドに仰向けになり、ほのみの言葉を思い出していた。

――へえ、それ面白いですね。「ムー」でもそんな話、読んだことないかも。

先日、蒲田でベッドインしたほのみにモテ期到来の話をしてみた。

ほのみは、温泉に入るとモテるようになるという志朗の不思議な体験を面白がった。

「きっかけとかないんですか。生まれつきじゃないなら……」

思い当たるのは在原業平の湯での出来事くらいだ。

「志朗さんの話だと、その在原のなんとかって人、超モテたんですよね。じゃあ、その御利益が温泉に入ってしみこんだとか」

ほのみは「ムー」読者だけあって想像力が豊かだ。

「モテ期が来るのが天然温泉に入ったときって発動条件がはっきりしてるの、リアルですね。『ムー』に投稿していい？」

「ダメに決まってるだろ！」

という会話を繰りひろげ、そこでほのみに忠告されたのだ。

もしまた温泉に入ったあと、女性とベッドをともにするチャンスがあっても、その女性と別れるまで風呂に入るな、と。モテの魔法が解ける可能性のある行為はしないほうがいい。あの夜、実験としてほのみはシャワーを浴びたが、志朗は浴びなかった。

そのおかげか、事後も魔法が解けたシンデレラのような扱いは受けなかった。

（温泉に入ってモテるのもいいけど、俺はあの人の添乗員に戻れたらそれでいい）

高子を思うと胸が苦しくなる。時がたつにつれ、思いはつのるばかりだ。

バスルームのドアが開いた。白いバスローブを着た麻衣子はさっぱりした様子だ。

部屋のテーブルにはワインクーラーが置いてあり、そこには白ワインが入っていた。

麻衣子は、その横に置かれたグラスにワインを注いだ。

（麻布十番温泉に来る人妻は、やっぱりすごいな）

いわゆるセレブ人妻なのだろう。

志朗はかつて、上客——富裕層専門の添乗員をしていたので、服装や持ち物、仕草でどれくらいの年収かだいたいわかる。

麻衣子は高子と同程度の暮らしぶりのようだ。

(高子さんもこんなホテルで……いやいや、俺はなにを考えているんだ)

「あら、こんなときに考えごとして。彼女のことでも考えていたのかしら」

志朗を見て、麻衣子が言った。

「彼女なんていませんよ。俺のは片想いかな。はは、いまの話は忘れてください」

志朗は笑ってごまかした。

「本気の恋って感じね。じゃあ、少しの間でもせつなさを忘れさせてあげる」

麻衣子はワインを口に含むと、志朗の顔を白い指で挟んで口づけてきた。

口内にキリッとした味のワインが流れこむ。

それから、熟女の舌がからんできた。ふたりはそのままベッドに倒れた。

「ん……んふ……ちゅ……ちゅ……」

唇だけでもこんなにいやらしい音をたてられるのか、と思うほど濃厚なキスを交わす。熱い舌が志朗の舌を愛撫して、男の淫心に火をつける。

麻衣子の手が、志朗のバスローブの前を割って男根をつかんだ。

「元気ね……」

麻衣子はうれしそうに手コキした。

輪にした手で肉竿をしごき、亀頭ではドアノブをまわすように手首をうねらす。

青スジを立てた肉根は反り返り、またも先走り汁を垂らしている。

「おお……いい……」

手錠がとれたので、受け身でいるつもりはない。

志朗は麻衣子のバスローブの紐をほどいて、左右に開いた。

ベッドサイドの薄明かりが、均整のとれた肢体を照らす。

運動で全体的に体は引きしまっている。しかし、乳房や尻には柔らかそうな肉がついていた。抱き心地のよさそうな体だ。

「俺、やさしい言葉をくれた麻衣子さんに体でたっぷりお礼しますよ」

志朗はペニスを握ったままの麻衣子を抱きしめ、慎重に横に倒す。ここで勢いつけて動いた結果、男根をいためたら元も子もない。

志朗は麻衣子の両手をつかんだ。

「うれしい。エッチなお礼かしら？」

「もちろん」

志朗は麻衣子の手をその頭の横に置くと、細い手首に手錠をかけた。

カチッと音が鳴ると、麻衣子が微笑む。

「あん……」

もう片方も拘束すると、麻衣子が腰をくねらせた。

「今度はこちらが攻めますよ」

志朗は麻衣子の足の間に身を置いて、ペニスの切っ先を淫裂に当てた。

「うん……んっ……」

麻衣子がせつなげな声をあげた。挿入を待ちわびて、じゅわっと愛液が湧く。

しかし、志朗は挿入するつもりはなかった。くすぐるだけで、そこからは進まない。

舌を伸ばしてワイン色の乳頭を交互にしゃぶる。

「あう……うんっ……おっぱいもいいけど、挿れてっ」

腰をしきりに振りたて、麻衣子が肉棒を求めてくる。

(焦らしプレイだ……俺もつらいけど、麻衣子さんもそれで感度があがるはず)

志朗は腰を引いて、ペニスが陰唇に当たらないようにした。すると、麻衣子が刺激を求めて腰を振る。ランナーだけあって腰の振りは強く、この勢いで亀頭をくすぐられたらすぐにイッてしまいそうな勢いだ。

「して、してぇっ」

欲情で気分が昂っている麻衣子の声は鼻にかかっていた。有能なビジネスウーマンといった風情はかき消え、相貌には淫蕩な表情が浮かんでいる。

「ねえ、麻衣子さん、この部屋にエロい道具があるんじゃないですか」

部屋に志朗を連れこむ前に、手錠の準備をしていた麻衣子ならば、前回のほのみのように淫具を持っていてもおかしくない。

「……あるわ。使いかたも知ってるのね」

麻衣子の顔は期待で輝いていた。

「もちろん」

「ベッドサイドテーブルの引き出しにポーチがあるわ……そこに……」

麻衣子が告げた場所に、長さ三十センチ、幅二十センチほどのポーチが入っていた。中には蜜穴用バイブと、アナルバイブ、そしてローションがあった。

「出張ホストの子でも途中で疲れちゃうときがあるから保険として持ってるの」

「性欲が強すぎて、男がもたないんだ。でも、それだけじゃないでしょう。暇さえあればこれでオナッてるんでしょう」

志朗が蜜穴用バイブをとり出し、振動させる。

「そう……だって私、気持ちいいことが大好きな淫乱人妻なんですもの」

志朗はバイブを予告なく秘所に挿入した。

「はおおおっ」

麻衣子の体がアーチを描く。

男根での焦らしで蜜口はぐちょぐちょに濡れていた。

バイブが水音とともに熟女の淫裂に呑みこまれていく。

「バイブを使いなれているから、オマ×コがおいしそうに咥えてますよ」

「咥えてるなんて……エッチな言いかたしないで……あ、あああっ」

麻衣子の手錠が鳴った。

志朗がズブズブッと音をたてて抜き挿しをはじめたのだ。

(すごい濡れかただ。持ち手まで愛液でヌルヌルだ)

志朗を手錠で拘束してきたのでSよりかと思ったが、それは自分がそうされたい願望を示していたのかもしれない。つまり、麻衣子はMよりなのだ。Sならここで怒るところだが、麻衣子は抜き挿しされながら身をよじり、よがっている。

「ほおっ、おっ……いいわっ、いいっ」

屹立したワイン色の乳頭が律動のたびに上下に揺れる。日焼けしないように気を配っているのか、肌は透きとおるように白い。

「マン汁の色まで白く変わってきましたよ……麻衣子さんは性欲が強いから、バイブだけでこんなに感じちゃうんですね。本気汁がすごい」

秘所の様子を実況しながら、バイブでの抜き挿しのピッチをあげた。

「あう、ああうっ……バイブじゃ足りないっ……オチ×ポ、オチ×ポ……」

愉悦で半目になった麻衣子が、うわごとのように繰り返す。

志朗は、蜜壺にハメたバイブのスイッチを入れて振動させた。

「くううっ……あふっ、ほおおおおっ」

ワイン色の乳首が、バイブに合わせて小刻みに震える。

肢体には汗が浮き、ボディソープのジャスミンの香りがあたりにたちこめる。

志朗は膝立ちで麻衣子の顔の横に移動した。

「え？　なに、あ、ああ……」

麻衣子の顔を横向きにさせ、開いた口に男根を突きたてる。

「むご……ううう」

息を塞がない程度の深さまでペニスを挿入した。

麻衣子は足先を左右に動かしたかと思えば、くの字にした足の指でシーツをつかんでいる。シーツの乱れるさまが、麻衣子の深い官能を示していた。

「しっかり舌を使って舐めてください。麻衣子さんのフェラが好きだから」

指示することで、どちらがいまは主導権を握っているかはっきりさせた。

すると、麻衣子はまた身を震わせる。思った以上にMっ気が強い。興奮で麻衣子の股間はぐっしょりと濡れ、愛液でシーツには半円状の染みがついた。

「はむう……むうっ……」

麻衣子も志朗のように手を使いたいが、使えない状況をもどかしく思っているようだ。少しでも志朗に触れたいと言わんばかりに、指が動いている。だが、いまできるのは淫らなフェラだけ。麻衣子は頰をへこませ、バキュームしていた。

「おう、いいフェラだ……」

志朗が呻いた。

吸引で亀頭が震え、尿道口から出た先走りが熟女の喉奥に吸いこまれていく。

麻衣子はフェラに熱中し、鼻を鳴らしながらしゃぶっている。

「おっと、これくらいでいいでしょう」

志朗が肉棒を口から引き抜くと麻衣子が、

「もっと、オチ×ポ味わわせて」

麻衣子は口のまわりを涎まみれにしたまま囁いた。

その要求に応えたいのも山々だが、それだと志朗が口で果ててしまう。
今度は女体の中で果てたい。
志朗は麻衣子の足の間に移動して、蜜肉を塞いでいたバイブを抜いた。
「あふうっ」
抜かれただけで、麻衣子はイキ潮を放った。
すっかり開発されている体は、志朗のどんな望みも叶えてくれそうだ。
(でも、麻衣子さんも感じないと、俺もつまらない……)
志朗はバイブを麻衣子の開いたままの口に突っこんだ。
「はむ……むううん……」
麻衣子の驚いた表情が、すぐに陶酔のものに変わる。
己の本気汁がからみついた淫具をしゃぶりながら、熟女は恍惚としていた。
(スケベな眺めだ……自分の愛液つきバイブを、うまそうに舐めてる)
いやらしい姿を目の当たりにして、志朗の欲望にも火がついた。
ペニスを蜜口にあてがい、グイッと腰を進める。
「むほほおおおっ」
バイブを咥えた麻衣子の口から、大きな声があがる。

志朗は太股を抱えると、腰をテンポよく動かした。

パンパンと股間と股間がぶつかり合い、湿った音を放つ。

「口でバイブを、オマ×コではチ×ポ咥えて、欲張りだな、麻衣子さんは」

「ふう、ふひ、ひっ」

麻衣子は子宮口を突かれるたびに、喉奥から息と喘ぎ声を出していた。

それでも口からバイブを離さないのは、秘所と口の両方を塞がれることに興奮しているからだろう。口の隙間から、舌がそよいでいるのが見える。

「本当はこうやって拘束プレイされたかったんでしょ？」

志朗が耳もとに口を近づけ、息を吹きかけると肩がビクンと跳ねた。

プレイが淫らになればなるほど、感度があがるようだ。

流し目で志朗を見た麻衣子は、ガクガクとうなずいた。

「本当にスケベだ……ナカだって、うれしがってキュンキュン締まってますよ」

志朗が大きなストロークの突きを繰り返す。

愛液の飛沫が、志朗と麻衣子の腹にかかる。

湿った音と、淫蜜の匂いがベッドのまわりを包んでいく。

「むうう……おうううっ」

バイブを咥えたまま、麻衣子の頭が上下に揺れた。シャワーのあと、クリップでまとめていた黒髪が律動の激しさでほどけてベッドの上にひろがっていく。

「ああんっ、私もう、あうっ、あんっ」

麻衣子が顔を左右に振り、たまらないといった様子で声をあげた。よがり声は音階があがり、下腹がヒクつく回数も増えている。内奥もまた、絶頂の近さを窺わせる締まりを見せていた。

「イク……イク……」

麻衣子がのけぞる。

（いまだ……）

志朗はペニスを引き抜いた。

「や、え、どうして、ねえ、どうしてっ」

手錠を鳴らしながら麻衣子が腰を振った。大きく開いた股の間からは、ヨーグルトのような匂いを放つ濃い色の愛液がトロトロ垂れている。

「ちょっと意地悪したくなっちゃって」

「ダメ、意地悪はダメ、して、してしてっ」

均整のとれた肢体をくねらせ麻衣子が挿入を求める。

モデルのような美女が、愛欲に狂い志朗を欲しがるなど、そうはない。

その様子を見ているだけでも射精しそうになるが、志朗は堪えた。

「麻衣子さん、お願いするときは、ちゃんと言わないと」

志朗も青スジの浮いたペニスを持てあましていた。いますぐにでもあたたかい内奥にハメたい。だが、焦らして麻衣子をもっと感じさせたいとも思っている。

「あん……普通っぽい見かけなのに、いままで会った人の中で、いちばんエッチ……ああ、ほしい、麻衣子のオマ×コに、志朗さんのオチ×ポぶちこんでっ」

M字に開いた足と股間を見せつけるように、麻衣子は腰をぐいっと突き出した。

肉土手からビラビラまでたっぷり濡れた秘所を見て、欲望が燃えあがる。

志朗は麻衣子の太股を抱えて、蜜壺に肉竿を挿入した。

「ほおおおおっ……熱い、さっきよりいいっ」

焦らされた結果、媚肉の感覚が鋭くなったようだ。興奮の体温変化を細やかに感じて、ペニスが熱くなったと思っているらしい。

「麻衣子さんのナカも熱いですよ。俺に射精してほしいってヒダヒダが動いてる」

パンパンと軽やかな音をたてながら、志朗は律動のピッチをあげた。

背すじがゾクゾクし、射精欲の高まりを告げている。

「あん、あんっ、な、ナカで欲しい、オマ×コにいっぱい精液かけてっ」

麻衣子があられもない言葉を放った。

感じるほどに淫らに変化する麻衣子には、奔放な美しさがあった。

「いいんですか。知らない男の精液をナカでもらって」

「いいの、精液でイキたいから、ぶっかけてぇっ」

麻衣子が自由になる腰をグラインドさせて志朗の亀頭を刺激する。

子宮口が切っ先をくすぐり、射精をいざなった。

「じゃあ、望みどおりナカにぶっかけますよ。ほら、ほらっ」

「すごい、子宮がグツグツしてる、燃えちゃうっ、はうっ、あんっ」

志朗がラッシュをかけると、麻衣子があられもない言葉を放った。

整った顔だちだちの麻衣子が言うと、かなりいやらしく感じる。

言葉と、肉壁の締まりに煽られ、志朗はクライマックスに向けた律動を繰り返した。

「あ、あ、イク、イク、イクウウウッ」

がくんっ、と麻衣子が動きを止める。

「おおおお、ナカでイキますよっ。おおおお！」

志朗は子宮口に切っ先を押し当てて、大量の欲望を女体に解き放った。

4

志朗は麻衣子の手錠をはずした。

イッたばかりで力の入らない麻衣子は、志朗のなすがままだ。

麻衣子が使っている手錠はプレイ専用のもので、手錠の合わせ目の横にボタンがあり、そこを押すと簡単にはずれるようになっていた。

志朗は麻衣子の細い手首を持ち、痕がついていないか確認する。

「ちょっとだけ、ついちゃいましたね。仕事のとき、大丈夫ですか」

手首についた赤い線。

片方だけならどうとでも言い逃れられるが、両手となると難しそうだ。

「女はアクセサリーをつけられるぶん、こういうとき便利なの」

「だったら、よかったです」

「それより喉が渇いたわ……」

ベッドに仰向けになった麻衣子が、志朗を上目遣いで見た。志朗はその意をくみ、ベッドサイドテーブルにあるミネラルウォーターを口に含んで、キスをする。麻衣子は睫毛を震わせながら、口移しの水をコクコクと飲んだ。

「おいしい……オマ×コでもたっぷり飲めたし……」

麻衣子が視線を下に移した。

M字に開脚した足の間からは、先ほど放出された精液が溢れていた。

「オマ×コのほかでも、志朗さんのを飲みたいな」

「お尻でも、ってことですか……」

麻衣子がうなずいた。数度の射精でほどよい疲れが志朗の体を覆っていた。

しかし、淫らな誘いを受けたとたん、現金なもので精力が回復する。

志朗のペニスには青スジが浮き、臍を向いて反り返った。

「したいのね。ねえ、次はバックでして……手錠で拘束して……」

麻衣子が四つん這いになり、まろやかな円を描くヒップを突き出した。

「どうしようもないくらい、どスケベなんですね」

ふだんなら女性相手に――というか誰を相手にしても言わないことだが、マゾッ気のある麻衣子には言ったほうがいいように思えた。

「そうなの、どスケベなのっ」

やはり、言葉責めをされると反応がいい。

桃のように美しいカーブを描いたヒップから、白濁と愛液がとろっとこぼれた。

（言葉だけで感じて……こりゃすごいな）

志朗は麻衣子の両手首に手錠をつけた。麻衣子は両手を少し離してシーツの上に置いた姿勢で、四つん這いになった。

志朗はポーチからローションをとり、形よいヒップに上から垂らした。

「あん……冷たい、気持ちいいっ」

尻が艶めかしく揺れるさまは、淫らなショーのようだ。

我慢できなくなった志朗は、ローションで濡れた尻に手をかけて、全体に塗りひろげる。志朗は両手を尻の中央――薄褐色のすぼまりに這わせた。

「あふっ」

出張ホストを使うくらい積極的なだけあって、肛穴はほぐれていた。

指を穴の周囲でめぐらせてから、中に挿れる。

「んふっ……ふううっ」

麻衣子がのけぞると、黒髪がふわっと宙を舞った。

（もしかして、普通のセックスのときより、感じてる？）

肛穴を愛撫する指を一本から二本に増やしても、痛そうな様子を見せない。

もっと太いものを受けいれられそうだ。

「もうチ×ポを挿れて、いいですか……」

志朗はかすれた声で尋ねた。

「挿れてっ、お尻で欲しくてたまらないのっ」

志朗は筒先を肛穴にあてがい、ぐぐっと腰を突き出した。

ローションの、ぬめりのある音とともに、亀頭がすぼまりを割っていく。

ジリジリと圧をかけていくと、亀頭が肛道内へと侵入した。

「あううっ……太いっ……あう、うううっ」

ローションで光る尻がヒクヒク震える。

麻衣子の腰をつかむ志朗の手にも力が入る。ランニングで鍛えられた括約筋はよく締まり、ペニスの根元を刺激する。

アナルセックス経験の豊富さは、抜き挿しのなめらかさに表れていた。

「あん、あんっ、お尻が、あふっ、ふっ」

手錠を鳴らしながら、麻衣子が尻を振って悶える。

ピストンで貫くたびに、麻衣子の声が大きくなっていく。

「麻衣子さん、いくらなんでも、ほかの部屋に聞かれますよ」

志朗が律動しながら注意するが、麻衣子は快感に没入していて、聞こえていないようだ。志朗は気づかせる意味で、尻をペチペチと軽くたたいた。

「あふ、ふうう……それ、それも好きっ、もっとしてっ」

志朗は少しだけ力をこめてたたいた。

「ああん、もっと、もっと……」

渇望に満ちた囁きが耳朶《みみたぶ》をくすぐり、男根にエネルギーを送る。

その声に導かれるように、志朗は手を振りあげて尻を打った。

ビターン、ビターンッ!

「ふひっ、ひっ……いい、いいっ」

麻衣子が腕に力を入れたので、手錠が手首に食いこむ。汗で濡れた髪を額に張りつかせながら悶える凄艶な姿に煽られて、志朗はピストンのピッチをあげていく。

「もっといじめて、ああん、ああっ」

マゾッ気どころの話ではなく、本気のマゾのようだ。

志朗はピストンで直腸を貫きながら、手で尻を打っている。

それでも受ける痛みも快楽も足りないとは——。

(これ以上、どうしたら)

と思ったとき、ひらめいた。客のどんな無茶な要求にも臨機応変に対応してきた添乗員時代の経験が生きた――かどうかはわからないが、ひらめいたのだ。

ベッドの上にひろがったポーチ内の淫具から、蜜穴用バイブをとって――。

「ほお、おおおお、塞がる、私、ぜんぶ塞がっちゃうのっ」

アナルセックスの愉悦でたっぷり濡れた蜜穴の奥深くまでバイブを埋めた。

前後の穴を塞がれ、麻衣子は尻をバウンドさせる。

「おっと、そんなに暴れたら抜けちゃいます。おとなしくしてくださいよ」

志朗が麻衣子の動きを抑えようとバイブを持っていないほうの手で尻を打つが、そのたびにアヌスはキリキリと強く圧搾する。

「抜かないでっ、麻衣子がイクまで、いっぱい突いてっ」

マゾの本性を現した麻衣子は、口調まで変わっていた。

発射態勢に入っているペニスで猛烈なラッシュを繰り出しながら、その下の蜜穴でもバイブを抜き挿しする。

（おお……あそこになにか挿れたままの、アナルセックスはいいぞ。味わったことのない狭まりが俺を責めてくる……これは、すごいぞ……おおお、止まらないっ）

志朗の髪から汗の雫が滴り、背すじには鳥肌が浮いていた。

麻衣子も悶え狂っているが、志朗も理性を忘れて腰を繰り出す。

「ああう、すごい、すごいセックス、はあ、あああ、キスして、ああ」

麻衣子が肩ごしに振り返り、艶っぽい視線を送ってくる。

志朗は身を乗り出し、唇を重ねた。

「むう、イク、イキそう……む、むううっ」

麻衣子の眉がせつなげにひそめられる。苦悶を味わっているかのような表情は、麻衣子が達する直前だと物語っていた。

志朗も麻衣子のアヌスからの甘美な愉悦に堪えられそうにない。

「イキますよ、ああ、おおおっ」

志朗は数度の強い突きを放って、動きを止めた。

「ああ、熱いのが来るっ、イク、イクっ」

アヌスで白濁の飛沫を浴びながら、麻衣子はのけぞった。

「あうう、イクウウウッ」

バイブの隙間から、ブシュッとイキ潮が噴き出る。

志朗もまた、いままで味わったことのない濃厚なセックスに疲れはて――。

意識を手放した麻衣子の隣に、横になった。

第五章　女子大生と二穴プレイ

1

（さすがは温泉番付、東の大関だ）

白く濁った硫黄泉に浸かりながら、志朗はうっとりと目を閉じた。

レンタカーで鹿《しか》の湯《ゆ》まで足を伸ばして正解だった。古くからの湯治場らしく、周囲に商業施設はほとんどない。鹿の湯のあたりは民宿街でひっそりとしている。

那須湯本《なすゆもと》の豊富な湯量に薬効ある泉質。鹿の湯は硫黄成分が強いために浴場には金属が使えず、風呂は床から天井まで木製だ。

色の変わった木材は、趣と年季を感じさせる。

（湯治にぴったりだ）

志朗は那須温泉に来ていた。

珍しく三連休がとれたので、骨休めに湯治旅としゃれこんだのだ。

どこに行こうか悩んだが、往復の距離が負担にならず、ゆっくりできる場所、それでいて源泉かけ流しの温泉——となると湯河原か那須だ。

湯河原もいいのだが、本郷夫妻を案内する予定の場所だったので、ひとりで行くのはつらかった。志朗はいまだ添乗員への未練も断ちきれていない。

そこで那須に決めたのだった。

志朗は新宿《しんじゅく》からバスで那須に到着すると、現地でレンタカーを借りた。こうすれば移動は楽になる。東京への行き帰りはバスだから、そこでは寝ていればいい。

（でも、本当に湯治することになるとは……）

志朗は腰を痛めていた。

温泉に入ると女性と一夜をともにする幸運に恵まれる体質になり、そのおかげで何度か楽しい夜を過ごしたのだが——疲れから腰をやってしまった。

（おお……さすがは那須湯本の湯。楽になったぞ）

鹿の湯を出て、駐車場に向かう。腰の痛みがとれたので、足どりが軽い。

その途中で、雨がポツポツ降ってきた。

天気予報では雨の予報ではなかったが、那須湯本は標高が高いところにあるせいか、天気が変わりやすい。

（おや……）

雨が大粒になってきた。傘がないので、車へと急ぐ。

「すみませーん」

志朗は背後から声をかけられた。振り向くと、淡いグリーンのワンピースに、手提げ鞄《かばん》のスレンダーな女性がいた。若い。大学生くらいだろうか。

鹿の湯からあがったばかりで化粧っ気はないけれど、整った鼻すじと理知的な目もとが、落ちついた雰囲気を醸し出していた。

長いストレートの髪をひとつに結い、肩から前に垂らしている。

その隣には、フリルのついたブラウスに、ふんわりひろがったスカートの女性。こちらも同年代だ。薄茶色の髪をアップにして、ほつれた前髪を顔にかけている。

少しふくよかで、ブラウスの胸のあたりが大きくふくらんでいた。

突然の雨に困ったような表情を浮かべている。

「あの、もしかして、私たちと同じホテルに宿泊なさってませんか」

グリーンのワンピース姿の女性がホテル名を出す。そういえば、チェックインのときにこのワンピースを見かけたような気がする。

「ええ、そうです」

「厚かましいお願いなのはわかってるんですけど、乗せていただけますか。まさか雨になると思わなくて、傘を持ってきてないんです。バス停まででもいいので……」

そう言った女性を見て、志朗の股間が熱くなった。

(俺はいま、猛烈にこの女性《ひと》を抱きたい……)

ドクン、ドクンと鼓動が響く。まただ。また体が妙な具合になってきた。

「それは……」

志朗は戸惑った。

「そうですよね。本当に厚かましいお願いしてすみませんでした」

フリルのブラウス姿の女性も頭を下げた。

(俺はこの女性《ひと》まで猛烈に抱きたくなってる……)

股間が熱い。志朗は温泉グッズを入れた鞄で前を隠し、少し前かがみになった。

(一夜だけいい思いしても寂しいのに、俺の体はどうして反応するんだ)

すると、空が光った。

間髪をいれずに、地面が揺れるような雷鳴が響く。

「きゃっ」

女性ふたりが頭を抱えて、うずくまった。

雨粒は大粒になり、ふたりのワンピースを濡らしていく。

「危ないから、急いで車に入ってください」

後部座席のドアを開けると、ふたりを車に乗せた。

志朗も、大慌てで車に乗る。また空が光り、同時に雷鳴で車が震える。

「車に入ればひと安心です。このままホテルに送りますね」

志朗は車のエンジンをかけた。

2

「本当にありがとうございます」

「当然のことをしたまでですから、そんなに言わないでください」

「いえいえ、命の恩人です。だって雷すごかったし、外にいたらどうなっていたか」

三人は、ホテルの部屋にいた。

淡いグリーンのワンピースの女性は組島《くみじま》ありさ、フリルのついたブラウス姿の女性は神田紗衣《かんださえ》と名乗った。ふたりは同じ大学に通う二十一歳で、連休を利用して那須に旅行で来たという。

ホテルの食事処でも偶然顔を合わせ、ありさと紗衣に押しきられるようにして志朗は食後、ふたりの部屋に連れてこられたのだった。

ふたりの部屋は和洋室だった。ベッドルームと和室がつながっており、ベッドルームには畳の上にダブルベッドがふたつ並べて置いてある。和室には座卓と座椅子が置いてあり、広い窓からは紅葉のはじまった稜線《りようせん》が一望できる。

部屋には、売店で買ったという那須の地酒が数本並べてあった。

「私がお酒大好きで、紗衣もけっこういけるんです。志朗さんは大丈夫ですか」

「ええ、たしなむ程度ですけど。おつまみもあって、準備万端ですね」

志朗がそう言うと、ありさがふふっと笑った。つまみはこちらもまた売店にあった生ハムやスナックにチーズ。酒好きのつまみだ。

「よかった。お礼に日本酒でもって思って、フロントのかたにお願いして、日本酒用のグラスを借りたんです」

紗衣がそう言って、三つの冷酒用グラスに酒を注いだ。

「じゃ、かんぱーい」

ありさが明るく声をあげる。いまは浴衣姿で、その上に紺色の羽織を着ていた。着物になると、胸の盛りあがりがよくわかる。

(思ったより大きな胸だ……Dくらいだろうか。いやいや、なにを考えてるんだ。エロい考えは捨てろ。三十すぎたおっさんが体をじろじろ見るなんてセクハラだ。二十一の女子大生からすれば、俺が男に見られるはずがないんだから)

隣に座る紗衣も、くいっとグラスを空けた。

(この子はふくよかで、巨乳だ……Gカップくらいかな)

体を柔らかそうな脂肪が包んでおり、腕と顔にかわいらしいまるみがついている。襟元をきっちり合わせ、胸もとが目立たないようにしているが、その努力もむなしく、バストは浴衣の帯の上で存在感を示していた。

「そつにゅう祝いのお酒、おいしい」

紗衣がひと口飲んで顔をほころばせる。

「そつにゅう、って」

志朗は首をかしげた。ゼミかサークル活動のなにかを指す言葉だろうか。

「いえいえ、この子母乳で子育てしてたんですけど、子供が離乳食中心になっておっぱいを卒業したんです。それが卒乳。乳を卒業するって意味で卒乳って言うんです」

ありさが、宙に「卒乳」と指で書いた。

おかげでようやく言葉がわかり、志朗も納得した。のだが――。

「えっ、紗衣さんってお母さんだったの」

「そうなんです。子供の名前はこのみっていいます」

紗衣がスマホの画面を見せた。まるまるとした赤ん坊が、つかまり立ちをしてカメラ目線で笑っている。見ているこちらが笑顔になるかわいさだ。

「かわいい子だね」

「大学一年のときに妊娠しちゃって。で、一年休学して子育てに専念して、それから復学したんです。相手は地元で土建会社している家の子で、向こうの両親もできちゃった婚だったんですよ。だから、理解があって助かりました」

「子育てと勉強の両立は大変ですよね」

「志朗さん、この子、成績優秀なんですよ。私、いつもノートを借りてるんです」

ありさは普通に大学生活を楽しんでいるようだ。

「だって、経営学勉強して、賢吾《けんご》くんの家を助けないと」

紗衣が表情を引きしめる。賢吾とは赤ん坊の父親の名前だろう。

「真面目だよね。そんな紗衣がデキ婚するとは思わなかったよ。みんなビックリしてたもの」

「男と女はいろいろあるから、もういいのっ」

志朗はコメントしづらいので、グラスを傾けた。

「志朗さんは結婚してなんですか」

「気づいたら三十超していて。仕事ばっかりしていたせいか、なんとなく遅くなっちゃってね」

実際のところはモテないからなのだが、真実を言ったところで気まずくなるだけだ。

「私、就職の内定決まってて、卒業したら社会人なんですよ」

「そのお祝いも兼ねてきたんだよね、ね、ありさちゃん」

「うん。でもさあ……こないだ彼氏と別れて、会社に入っても彼氏できるかわかんないし、どうしよう、って思うんだよね」

「焦らなくても大丈夫だって。だって、人生は長いんだし」

出産したからなのか、紗衣は達観している。

「かもね。今日は卒乳と内定祝いってことで、楽しもうっ。ちょうど相手もいるし」

ありさが立ちあがり、志朗に手を伸ばす。

「私たちとエッチしませんか。いいですよね？」

志朗は聞き間違いかと思った。

「えーと、エッチっていうのは、まさか、エッチ？」

「そうです。駐車場で勃《た》ってたから、エッチな人かと……違ったかな」

紗衣に気づかれていたようで、顔から火が出そうだ。

「あのとき、エッチな目で私たちのこと見てましたよね。私たちも、旅行先でちょうどハメはずしたいと思ってたから相手を探してたんです」

「あの、それは……」

志朗はスケベ心まる出しの自分を見透かされていたと思うと情けなくなり、口ごもる。

しかし、男根は意気揚々として浴衣の前を盛りあげるほど、勢いよく勃起していた。

「きゃっ、見てみて、ありさちゃん。志朗さん、賢吾くんより大きいかも」

紗衣が志朗の帯をはずして浴衣の前を開いてから、下着をおろした。

「あ、あっ、紗衣さん、いきなりそれは……おうっ」

志朗は腰を引いたが、ありさが背後にまわって抱きしめてくる。

紗衣は肉棒を握って、軽くしごいた。恥ずかしいことに肉幹はカウパー腺液で濡れており、手コキをするとヌチャヌチュと音がたつ。

「おいしそう。食べちゃお……はむっ」

二十一歳の人妻が、青スジの浮いたペニスをいきなり咥えてきた。

「むご……ちゅ……んんっ……むちゅ、ちゅ……」

おとなしそうな風情の紗衣が、唇をすぼませ、根元を刺激しながら舌で裏スジを舐めてくる。若いと言っても人妻だけあって、慣れたものだ。

ありさが背後にまわって、志朗の浴衣を脱がせた。浴衣の下に着ていたTシャツをとり、志朗を裸にすると、後ろから再び抱きついて乳首をいじる。

（おおお……乳首をいじられてる。意外といいぞ、これは）

整えられた指先で両乳首を愛撫され、志朗のペニスが跳ねる。

「オチ×チンがピクンピクンしてる」

紗衣が唇をはずして、志朗のペニスをしごきながら言った。

「うふ、感度がいいんですね、志朗さん。責めがいがありそう」

ありさが志朗の顎に手をやり、後ろを向かせる。匂うような肌が近づく。

いままで体を重ねた女性の中で、いちばん若い。そのことを白い肌の張りとキメを見て思う。唇が触れ合った。肉感ある唇が開き、濡れた舌が口内に入ってくる。

「んちゅ……ちゅ……」

志朗は後ろに身をよじり、ありさの浴衣の肩をくつろげた。

ブラジャーをつけていない乳房がまろび出る。

白い肌に、薄桃色の乳頭、乳輪があまり大きくない形の整った乳房だった。

「ん……あんっ……」

志朗がキスをしながら乳房を揉むと、ありさがため息をつく。

(俺、いま、ふたりの女の子とプレイしてる……)

一瞬現実に戻り、自分の状況を思い起こして、志朗は驚いていた。

これが在原業平の湯の効能なのだろうか。

——温泉のこと調べましたよ。業平の湯のあとに、温泉に入るとまたモテるようになるのは、業平の涙の効果が温泉だとよみがえるから、って考えられてたらしいです。それ、志朗さんで立証されましたね。

ほのみは「ムー」読者だけあって、怪しげな情報を探すのがうまい。

——これも江戸時代の話なんですけど、お湯の中で小さな仏像を見つけた男が、身分違いの女性と両想いになったらしいですよ。で、お礼をこめてあの温泉を整備したらしいですね。そんときにその仏像も戻したけど、いまは行方不明らしいです。って、この話「ムー」に投稿したいですけど、いいですか。

「ムー」への投稿は丁重に断った。効果が効果だし、インタビューされたらつらい。湯のモテ効果は間違いない。発動条件が温泉だという理由もわかった。

(そういえば、鹿の湯のあと、このホテルの風呂にも入ったのにどうして……)

志朗は、ここの大浴場が源泉かけ流しだったと思い出した。

しかも温泉番付、東の大関の湯だ。湯の力が強いだけに、温泉を浴びて体に備わったモテ効果が倍増しているのかもしれない。

でなければ、女子大生ふたりとこんなことはできはしない。

「あん、いい……おっぱいの形がかわるくらい揉まれるの、強引で好きっ」

考えごとをしていて、ありさの柔らかい乳房をきつく揉みしだいていた。

「ありささん、ゴメン、痛かった?」

「ううん、気持ちいい。志朗さんって上手ね。ねえ、紗衣、ベッドに行こうよ」

頬を紅潮させた紗衣も、床の上でのフェラではもの足りなくなったらしく、うなずいた。口からペニスをはずし、立ちあがる。

紗衣とありさが、それぞれ志朗の手を片方ずつとって、ベッドに誘った。

志朗がベッドに横たわると、女子大生ふたりが志朗に添い寝する。

「志朗さんがエッチの好きな人でよかった」

紗衣が顔を乳首のところへ近づけ、舌を伸ばす。

反対側からはありさが同じように乳首を舐めた。

(両手に花だ……こんな展開、想像もしなかったけど、気持ちいい)

紗衣もありさも、慣れた手つきで乳首を愛撫している。

そして、ふたりは同時にペニスに手を伸ばし、しごきはじめた。

「うおっ、これは、くうっ」

息がぴったり合っていた。紗衣が亀頭を手のひらでくるんでダイヤルをまわすように愛撫すると、ありさは肉茎を筒にした手で上下にしごく。

「志朗さんったら、かわいい顔で悶えてる。年上なのにかわいい」

紗衣がふわっと微笑んだ。

母性を感じさせる微笑みだが、していることは淫靡きわまりない。

「それはふたりがエッチ上手だからだよ」

志朗が紗衣の後頭部に手をやって、近寄せる。

ふたりは唾液を交換する濃厚なキスを交わした。

「んん、志朗さん、ありさのおっぱい、寂しくなっちゃったの……」

ありさが胸を志朗の肌に押しつけてくる。

志朗はありさの脇から手を入れて、乳頭をつまんだ。

「あふっ……いい」

肉棒を握る手に力がこもり、手コキのピッチがあがる。

(ひとりとはキスをして、もうひとりのおっぱいを触って、しかも、チ×ポが気持ちいい。天国だ)

志朗はうっとりしながら紗衣と口づけを交わしていた。

「私、おっぱいで面白いことできるんですよ」

紗衣が身を起こし、帯をゆるめた。浴衣に覆われていた大ぶりの乳房が顔を出す。

「おお……」

志朗は目を見張った。

迫力ある巨乳だ。乳輪が大きく、色が濃いのは出産と授乳のためだろう。

その右乳房を、紗衣が両手でつかみ、指に力を入れると──。

ビシュウウッ！

音をたてて、白い液が噴出した。粘り気のない、さらっとした液体だ。

「ふふ、母乳です。今日は母乳プレイまで楽しめますよ」

「ほ、本当に」

思いも寄らない展開に、声がうわずる。

「独り占めするのダメッ。紗衣の前に、私が志朗さんをいただいちゃうからっ」

浴衣姿のまま、ありさが志朗にまたがった。

「志朗さん、コンドームつけますね」

紗衣が、さりげなく志朗のペニスにコンドームをかぶせた。

ナマでしたいのも山々だが、相手の意向なら仕方がない。

コンドームつきのペニスが、ありさの股間に当たった。男根を愛撫する間に、ありさは興奮で濡れていたようだ。亀頭に当たった蜜口は挿入できるほど潤んでいる。

「ありさちゃん、かわいい。だって、すぐ焼きもち焼くんだもの」

紗衣がありさの顎をつかんで、唇を重ねる。女子大生の桃色の舌がからみ合うさまが、仰向けになった志朗からも目の当たりにできる。

「んちゅ……れろ、れろぉ……じゅるるるるっ」

見ていると、紗衣がリードしているようだ。紗衣の舌がありさの口内で縦横無尽に動いている。口腔を愛撫されて、ありさは恍惚を顔に浮かべていた。

「志朗さん、ありさにハメてあげて……ありさ、エッチだから、いろんなところを塞がれるのが好きなの」

志朗は女性ふたりのキスに見とれて、挿入の一歩手前で焦らされていたことを忘れていた。男根は淫欲から血管が太く浮き出ていた。

志朗はペニスの根元に手を添えて、ありさの淫裂にあてがった。

「むっ。うう……」

キスされながら、ありさが呻いた。紗衣は浴衣を脱ぎ、豊満な肢体をあらわにした。

たっぷり肉のついたヒップ、包まれたくなるようなまろやかな豊乳。その柔らかな体で紗衣はありさの細い体を抱きしめる。

(タイプの違う女性がからむ姿でも興奮する……今夜はすごいことになりそうだ)

志朗は、ありさの細腰を抱いて、腰を突きあげた。

「あふっ……紗衣、ナカにぶっといのが入ってくるっ」

ありさが唇を離して、顎を上向けた。長いストレートの髪が快感を覚えるたびに揺れ、胸もとがはだけたままの浴衣に垂れる。

「太いオチ×ポが好きでしょ。ありさがイクの、私も手伝ってあげる」

紗衣がありさの乳頭を口に含んで、レロレロと音をたてて舌で転がす。

「あん、ん、んんっ」

ありさの腰が震える。内奥もうねりを増して、ペニスを強烈にくるんでくる。

志朗はありさの快感を押しあげるために、腰をバウンドさせた。

「ひぃ、いい、奥に当たるのっ……」

ありさは志朗の足の横に手をついて、上半身を後ろに反らせている。

そうすると、ほどよく毛でふちどられた秘所と、志朗の赤黒い男根が出入りするさまがよく見えた。欲望を直撃する眺めに刺激され、抜き挿しのピッチがあがる。

「あうう、すごい、いい、いいオチ×ポっ」

浴衣を着たまま、腰を上下に振るありさはいやらしい。

淫靡な眺めに色を添えるのが、隣にいる全裸の紗衣だ。紗衣は、男女の交合でありさの体が揺れても、乳頭から唇を離さずに舌を使っている。

紗衣は志朗とありさの結合部に手を伸ばした。

「あん、あひっ……」

ありさが髪を波打たせた。紗衣が、女芯を撫でたのだ。

男根を肉壺で咥えながら急所もくすぐられて、ありさは肩を桜色に染めた。

「子育てと大学でいっぱいいっぱいのときに助けてくれたお礼」

そう言って、紗衣がありさの乳首を左右交互に舐める。

ふつう、こういうときのお礼はスイーツだったりしそうなものだが――人にはいろいろなお礼の仕方があるのだな、と志朗は思った。

（おや……）

紗衣の尻が動くたびにシーツと尻の間を透明な愛液がつないでいるのが見えた。彼女もまた、かなり興奮しているようだ。志朗は指を紗衣の尻に這わせた。

「あん……あうっ」

ヌチュっと音をたてて、肉襞の奥に指が吸いこまれていく。

紗衣が尻をぶるっと震わせてから、志朗に呟いた。

「赤ちゃんを産んだから、あそこがゆるくなってるかも」

「これが、ゆるい？」

志朗は薄く笑った。ゆるいどころではない。逆だ。

蜜肉が指をくるみ、強烈に圧搾してくる。出産前から締まりがよかったのか、産後に締まりがキツくなかったのかはわからないが、これは紛れもなく名器だ。

「ゆるいオマ×コが、こんなふうに締まるわけないでしょう」

志朗は指を一本しか挿入していないが、それで十分なほど締まっている。指を抜き挿ししようとしても、圧搾がきついので動かしにくいほどだ。

「ん、よかった、それが不安だったの、あふっ、ふっ」

「あん、紗衣、よかったね、ふふ、いやらしい顔してるっ」

志朗に愛撫されるふたりが、顔を寄せて笑い合ったあと——また淫らにキスを交わしていた。その光景の淫蕩さで、ペニスが猛った。

「やぁんっ、オチ×ポが、反って、当たる、あうっ」

志朗は膣壁のGスポットを狙って、律動を放つ。

足をM字にしてまたがったありさの肢体が志朗の腰の上で揺れる。

ありさを責めながら、志朗は挿入した中指で紗衣を突きあげるのも忘れない。

「あうっ、そこ、そこ……」

人妻女子大生の膣内で指をめぐらせ、快感のポイントを探り当てた。

やはり膣の尿道側にザラザラしたところがあり、そこをかくと紗衣がウエーブのかかった髪を振り乱す。

「ふたりとも感度がいいし、おいしいオマ×コだよ……おお、おおっ」

興奮を煽る眺めと3Pという状況に、志朗はいつもよりも早く達しそうだ。

(鹿の湯に入って腰もよくなったし、体力回復したんだ……今日はやれるところまでやってやる)

下から突きあげるたびに、ありさの愛液が卑猥な音を放った。

「ありさのオマ×コ、すっごいやらしい音してる、くうっ、あふっ、感じちゃうっ」

紗衣は己の乳房を揉みしだきながら、志朗の抜き挿しに合わせて豊臀を振っている。

母乳は涸れていないらしく、乳房を揉むだけで乳頭から母乳がほとばしる。

それを、ありさが口を開けて受け止める。

先ほどは母乳が乳頭から少し出た程度だが、今回のは先端を細くしたホースのように勢いよく出た。母乳は思った以上によく飛ぶ。飛距離は、一メートルくらいは軽くありそうだ。だから――。

ありさが顔や舌で母乳を受けることも可能なのだ。

(なんていやらしい。目眩しそうだ)

志朗はたまらず射精に向けたラッシュを放った。

腰と腰がぶつかる音と、愛液の散るブシュッという音が重なる。母乳と愛液と先走りの匂いが混じり合って鼻先をくすぐり、志朗は匂いだけで射精しそうになった。

「ひい、紗衣、クリの指とって……イ、イキそうなのっ」

ありさの膝がガクガク震えた。

しかし、紗衣は指を離さずに、女芯愛撫を続けている。

「ああ、やん、そんなにされたら、イッちゃう……ああ、ああんんっ」

ありさの尻たぶがぶるっと波打ち、内奥がギュンと締まる。

「もう無理っ、イク……イクッ」

ガクガクッと痙攣して、ありさが気をやった。志朗はまだ持ちこたえている。

仰向けに倒れたありさの淫裂から男根を引き抜き、志朗は紗衣を押し倒した。

「あふっ……賢吾君以外のオチ×ポ、久しぶりなのっ」

紗衣が志朗の首をかき抱いた。柔らかな腕に包まれながら、志朗は射精に向けたラッシュを繰り出す。豊臀がクッションとなり、律動を柔らかく押し返す。

スレンダーな女性とは違う抱き心地と、律動の反応、そして膣道のうねりのよさに、志朗は息を荒くしながらピッチをあげていく。

「ありささんもいい、紗衣さんもいい、ふたりとも名器で、いいっ」

「志朗さんのオチ×ポもすごいの、ありさのオマ×コで熱くなってて、ああ、ああ」

紗衣は昇りつめながら、無意識に乳房を絞っていた。

志朗の顔に母乳がもろにかかって視界が白く染まる。

聖なるものであるはずの母乳を淫靡な行為で使っている背徳感が、志朗を襲う。

「おお、俺もミルクが出ます……」

「とって、とって……」

「えっ……」

「私はナマで大丈夫です……ナカに出してほしいのっ」

志朗がペニスを引き抜くと、紗衣がコンドームをはずして、己の胸の谷間に置いた。

抜き身になった男根を挿入すると、志朗の背すじが粟立った。

（おお、これだ……俺はナマでのセックスを求めていたんだ……）

じかに蜜肉にくるまれる感覚がたまらない。

志朗は我を忘れてピストンを繰り出した。

「あああ、イキそう……いい、イクイクッ」

紗衣がコンドームを口に入れ、自分とありさの蜜汁を味わっていた。

視覚を直撃する眺めが、最後のひと押しとなった。

紗衣の蜜壺の中が白く染まるほど大量の精を放って、志朗も達した。

3

三人とも満足したところで志朗は体を起こすと、座卓へと向かった。

水差しの水をグラスに入れて、ひと息で飲む。

（日本酒よりも酔える……）

若い女性ふたりを相手に繰りひろげた痴態を思い返すだけで、延髄のあたりが熱くなる。もちろん、股間は早くも息を吹き返して、脈打っている。

「ふたりとも、水はいりますか」

と振り向いて、声をかけたところで、志朗は固まった。

「あふっ……ほおおっ」

紗衣の豊満な体が波打っていた。両足が宙を舞い、喘ぐたびにヒクッと動く。

ジュル……ジュビビ……！

淫靡な音が、志朗の耳を打った。

紗衣の股間にありさが顔を埋めて、中出しされた精液を啜っていたのだ。

「うん、おいしい」

ありさは欲望液で白く染まった唇を桃色の舌で舐めた。

そしてまた、紗衣の股間に口をつけると、黒髪を左右に振った。

紗衣の股間からは、クリトリスを啜る音が放たれる。

「志朗さんのオチ×ポ汁がぜんぶ出ちゃうっ。あん、ク、クリまでそんなに吸ったら、あう、またイッちゃうからっ、あんっ」

先ほどは紗衣がありさを攻めていたが、攻守交代したらしく、今度はありさが紗衣をよがらせている。

(水なんか飲んでいる場合じゃないな)

志朗は日本酒をグラスに入れてあおる。喉がアルコールで熱くなる。

酩酊するためではなかった。

若い美女ふたりが繰りひろげる淫靡な宴に加わるには、酒の勢いが必要だと思ったからだ。それほど、ふたりがからみ合う姿はセクシーで本能を直撃するものだった。

アルコールと興奮が、心拍を大きくしていた。そして、心臓から送られた血流で男根がミキミキと音をたててふくらんでいく。

「あ、ありさ……志朗さんが来る、あん、あんっ」

紗衣はクリトリスが弱いらしく、ありさが口をすぼませて吸うたびに、豊かなバストを波打たせていた。ありさのほうは、志朗の精液を啜ったあと、今度は紗衣の愛液を舐めるのに夢中だ。

「ありささん、楽しんでいるみたいだね。俺はお邪魔かな」

志朗が声をかけて、ありさがようやく気がついた。

「邪魔じゃないです」

振り向いたありさは、興奮で肌色がほんのり桃色に染まった相貌にほつれた黒髪がかかっているために、妖艶に見えた。

「紗衣をイカせたオチ×ポ、食べさせて」

ありさが志朗の股間に顔を寄せ、男根を口に含んだ。

「むっ……」

小さな口もとを必死に大きく開いて、ペニスを咥える姿は幼さがあって、背徳感をかきたてる。それでいて、肉棒への愛撫は巧みだ。

「おいひい、紗衣のオマ×コ味がする」

音をたてて、ありさは頭を前後に振った。

ありさの背後では、紗衣が身を起こし、隣のベッドのかけ布団をめくっていた。そこには淫具が置いてあった。黒いバイブに、ラバー製のショーツがついているものだ。紗衣は慣れた仕草でそれをはいた。

（あれはいったい……まさか……）

紗衣がはいたのは、男性であればペニスが生えている位置に、男根状のバイブがついたものだった。ベルトでバイブの位置を調整して、腰に固定している。

紗衣の豊満な女体から男根が突き出て、両性具有になったように見える。

「今度は私がありさを犯してあげる」

ありさが鼻から甘い息を吐き、待ちかねたといった風情で微笑む。

「来て……紗衣、来て……」

「行くよ」

紗衣が黒バイブの先端をあてがい、腰を進めると、ありさの肢体がうねった。

「おほっ、ふううううっ」

ありさは挿入の悦に耐えかね、口からペニスを離した。ふたり同時でありさを感じさせる状況に酔った志朗は、ありさの頭をつかんで男根をまた咥えさせる。

ありさは四つん這いになって、前後の穴を塞がれていた。

「もごおお……おお……おふっ……」

苦しいだろうか、と一瞬心配になったが、杞憂《きゆう》だった。

蜜穴と唇を弄ばれるありさは、安らいだ表情を浮かべている。

志朗にフェラをする口はほころび、紗衣にバックで抜き挿しされる蜜肉からは、しきりに愛液の音がたっていた。

「おう……むぐうっ……おふっ、ひひ、ひいっ」

ありさは快感を言葉にしているようだが、口が塞がっているのでなにを言っているのかわからない。しかし、浴衣を着たままの肢体を動かして快感を貪る姿から、プレイを楽しんでいるのが見てとれた。

「私のオチ×ポいい？　久々だよね」

紗衣が体を伸ばし、ありさの背に覆いかぶさる。そして、乳房をつかんで桃色の乳首をクリクリつまんでいた。母乳が出る大ぶりの乳房がありさの背中でつぶれるさまは男の夢のような眺めで、志朗の欲情をかきたてる。

「はうっ、うっ、男のチ×ポもいいけど、紗衣のチ×ポもいいっ、あうっ、あうっ」

覆いかぶさった紗衣は、かすかにしか腰を動かしていない。

しかし、ありさの狂いかたからすると、紗衣は子宮口にバイブをしっかり当てたまま、小刻みに腰を揺すっているようだ。

「はうっ、うっ、紗衣の母乳を飲みながらイキたい」

ありさが呟く。紗衣がありさの秘所からバイブを引き抜いて仰向けにした。

そして、今度は正常位で交わった。

豊満な乳房を揺らしながら、紗衣がありさを犯すさまは言葉を失うほど卑猥だ。

ありさの蜜穴から水音がたち、いかに感じているかを周囲に知らせている。

「あうっ、あんっ、あんっ、最高っ。紗衣のオチ×ポ、好きっ」

ありさは恍惚とした表情でつぶやいた。

紗衣の律動に合わせて、ありさの黒髪が布団の上にひろがっていくのが淫靡だ。

志朗がどうするか迷っていると、紗衣が手をつかんできた。

「このペニスバンド、オマ×コのところは穴が開いているの……だから、後ろからハメてくれますか」

紗衣が志朗に囁いた。女性を犯している女性を、自分が肉棒で貫く——。

倒錯に倒錯を重ねた状況にペニスは猛る。男根をしごきながら、志朗は紗衣の背後にまわった。正常位で交わる姿を背後から見るのは、はじめてだ。

それも、女性の——。

律動のたびに、ありさの桃色の性器から黒のバイブが顔を出す。バイブには愛液を通り越して、白濁の本気汁となったものがからみついていた。

(紗衣さんのオマ×コ、ありささんを犯しながら、濡れてる……)

ペニスバンドの性器の部分を覆わないデザインのおかげで、黒のバンドが肉土手の脇を走る様子や、その中央で花開く肉薔薇の艶やかな様子を視姦できる。

(こんなセックスの世界があったなんて)

志朗は男根の根元を持ち、紗衣の淫唇にあてがった。

グイッと腰を進めると、蜜肉が襞肉をうねらせながら受けいれてくれる。

「あああああっ……オマ×コに、来てるっ」

紗衣の豊臀がぶるんっと揺れ、挿入の圧がペニスバンドを通してありさに波及する。

「やん、紗衣、深い、子宮に紗衣のオチ×ポが入っちゃうっ」

ありさは狂乱の体で髪を左右に振り、喘いでいる。子宮口の奥に淫具やペニスが入ることなどないのだが、そう感じるほど強く突かれたのだろう。

「違う、私のあそこに、志朗さんがハメてるからっ、すごい突きになったの」

柔らかな尻に志朗の腰がぶつかるたび、たぷん、たぷんと音がたつ。

「紗衣のリズムと違うっ、あん、こっちもいい、あふん、いいっ」

鼻声になっているので、どうしたのかと紗衣の背中越しにありさを見ると、目から涙が溢れている。

(泣くほど感じてるのか……)

興が乗ってきた志朗は、律動のピッチをあげた。

「はうっ、はうっ、わ、私も、イキそうになるうっ」

秘所からヌチャヌチャと音をたてながら、紗衣が叫ぶ。

志朗は律動だけはもの足りなくなり、紗衣の乳房を背後からつかんだ。

「出ちゃう、出ちゃううううっ」

バックでペニスを食らいながら、紗衣はありさに向けて母乳を放っていた。

「あうう、あううううっ」

ありさは舌を出し、母乳を口で受ける。

その間も律動が続いているので、ありさのお椀形の形よいバストが揺れ、そこにもまた白い母乳がかかる。ありさは、体についた母乳を肌に塗りひろげている。

「志朗さんのオチ×ポで、イッちゃうっ……」

紗衣の尻が上下にバウンドする。豊臀は缶詰の白桃をシロップからとり出したときのように濡れ、甘い香りを放っている。

「自分だけ感じていたら、ありささんがかわいそうでしょ。ちゃんと腰振って……」

志朗が囁くと、紗衣がハアハアと息を吐きながら、必死に腰を動かした。

いやらしい音がふたりの股間から響き、切れぎれの声をありさが放つ。

「すごい、紗衣のオチ×ポがグングン来て、ナカがかき混ぜられてるの」

紗衣が快感から腰をめぐらせたためにバイブがありさのナカで円を描き、それで、ありさが受ける快感が深くなったようだ。

「あん、あんん、あんっ、志朗さんっ、私、気持ちよくってダメになるっ」

膣壁を亀頭でくすぐられ、紗衣がよがり泣いた。

「紗衣、ダメ、これ以上動かれたら、私もイク……あふ、ふううっ」

黒バイブで内奥のいたるところを擦られて、ありさは息も絶えだえだ。

女性どうしで交わるたびに、宙でしどけなく揺れていた足が小刻みに震えていた。

足の指の先はくの字に曲がっている。

「ああん、ありさがイクところを見ていたら……私も……はうっ、うっ……」

今回は紗衣のほうが先に達しそうだ。

蜜肉のうねりがキツくなり、肉竿をリズミカルにくるむ。

(子供を産んでこの締まり。これは名器だな、本当に)

志朗は紗衣の乳房をつかんで、母乳を絞りながら、突きあげのテンポをあげる。

「おふっ、ふっ、ふっ……ああ、イク、イクの……ママになってもイクッ」

紗衣は乳房からは母乳を、股間からは絶頂のイキ潮を放ちながら、ガクンとのけぞって動きを止めた。顔を見ると、半目のまま失神している。

志朗は紗衣の膣穴からペニスを引き抜いた。

ぽっちゃりした紗衣を、ありさの細い体が抱きとめる。それから、気をやった相手に、チュッチュと音をたてながらキスをした。

「紗衣ったら、先にイッちゃって。産んだら感じやすくなったのね」

紗衣の顔にかかった前髪を撫でて整えてやるありさの仕草には、愛情が溢れていた。

「紗衣は愛がいっぱいある人だから、ひとりじゃ我慢できないタイプなの。みんなにやさしいし、エッチも一生懸命してくれる……」

紗衣の頰に浮いた汗の玉を吸うありさの唇が、やたら艶めかしい。

志朗の猛りはいまだ冷めず、男根は屹立したままだ。

「ありささんにもハメたい」

「あんん……どうしよう。紗衣のバイブを抜きたくないし……それに妊娠が怖いし。そうだ。志朗さん、お尻はどうですか」

サラッとありさが言った。A定食がダメならB定食はどうですか、ぐらいの気軽さだ。前回、前々回の経験がなければ、志朗はスマホで「アナルセックスやりかた」と検索をかけていただろう。アナルセックスはそんなに一般的なのか。志朗の知らない世界があったということなのだろうか。

「アナルセックスも経験があるの」

「紗衣とはオマ×コがメインで、男の子とはアナルセックスがメイン。そうやって使い分けてるんです」

と、ありさは再び衝撃的なことをサラッと言った。

アナルセックスができない男は門前払いではないか。アナルセックスの経験を積ませてくれたほのみと麻衣子に、志朗は心から感謝した。

「ちょっと待って……あ……あんんっ」

ありさが、紗衣を抱えたまま真横に転がった。これで上下逆転し、ありさが上に、紗衣が下になる姿勢となった。

黒バイブがハマった蜜肉の上の、薄茶色のすぼまりがあらわになる。

「ローションがいらないぐらい、本気汁でお尻の穴もぐちょぐちょだね」

志朗が指で蠱惑の穴をくすぐると、菊皺がヒクついた。

「たまたま出会った人が、こんなにエッチ上手な人で、ラッキーです」

ありさが乱れた浴衣姿で、身もだえしながら呟いた。

「俺だってラッキーですよ。きれいな人たちと、楽しい思いをできるなんて」

「うふ……あ、ああ……ナカに……くううっ」

志朗が蜜汁で濡れた指を肛道内に埋めたとたん、ありさが呻いた。肛道が狭い。

志朗は蜜肉に居座るディルドの感触を、肛道と膣道を隔てる薄肉越しに感じていた。

（これで挿入したら気持ちよさそうだ）

ペニスが味わうであろう極上の快感を思い浮かべながら、志朗は指を奥へ奥へと進めていく。志朗がいなくとも、ありさは紗衣と二穴で楽しむ予定だったらしく、尻穴の中は清められていた。

「あふう……進んでくる、指が気持ちいいところをくすぐって……ひいっ」

二穴を塞がれたありさは、失神した紗衣を抱きしめながら、喘ぎ声をあげた。

まくりあげられた浴衣の裾は、イキ潮で濡れ、女の匂いを振りまいている。

「し、志朗さん……して……お尻でセックスしてっ」

ありさが尻を振って、挿入を求めてきた。

志朗のほうも、期待の先走りで亀頭が濡れている。

ありさのタイミングで挿れるつもりで、ずっと待ちわびていたのだ。

「紗衣さんに犯されながら、お尻もなんて……欲張りな人だ」

志朗はありさの白臀をつかんで、左右にくつろげた。

むき出しになった蜜肉は黒バイブを咥えたまま本気汁をこぼし、その上の尻穴は期待でヒクついている。そこに、亀頭を押し当てた。

「ほおおお……お尻が、めくれちゃうっ」

ぬるっと亀頭の先が尻穴の中に入っていく。菊門をゆるゆるとひろげながら、エラが肛肉に呑みこまれると、肉竿が内側に引きこまれていく。

「おお……紗衣さんのバイブのおかげで、狭くていい……」

志朗はありさの汗で濡れた尻たぶを撫でまわしながら、ペニスを進めていく。

「わ、私も、気持ちいいっ、はふっ、ふっ。両方いっしょにするのははじめてなのっ。ああ、オマ×コとアヌスがふさがってる……ああん、んっ」

女性どうしの淫具を使ったセックスに気をとられて、バイブの太さを忘れていた。

紗衣がつけているのは志朗のペニスよりひとまわり太く長いバイブだ。それが細身のありさの膣にあり、そして肛門でもセックスしたなら、感じて当然だろう。

「ふう……私、志朗さんをぜんぶ呑んじゃった」

ありさの白い尻に、志朗の腰が当たった。

「奥まで入ったら、やることはひとつ……いいですか」

志朗が背中に問うと、ありさは小さくうなずいた。

(今度は尻の穴をたっぷり味わうぞ……おお……バイブがオマ×コにいるからアヌスが狭くなっていて気持ちいいぞ……でも、このアヌスはバイブが隣になくても、十分な名器だ……根元の食いしめは若さがあってキツい)

ヌチュッと音をたてて男根を引くと、中に挿れたものを放さないと言わんばかりに肛穴が締まりを強めた。峻烈《しゅんれつ》な快感に、先走り汁がほとばしる。

「ありささん、締めすぎだよ」

「締めてないのっ……あ、あううっ」

根元まで入った肉幹が、亀頭を残して抜かれた。志朗の背には、菊花の愉悦から汗がみっしりと浮いていた。

志朗は愉悦に負けないよう、尻の穴を巻きこむように、またゆっくり挿入する。

「くううっ……ううっ」

白い尻を突き出したまま、ありさが足を震わせた。

(アナルセックスになれている。オマ×コのときみたいに感じてる)

ありさがノッてきたのを見て、志朗は抜き挿しのテンポをあげた。

「う、うく、くうっ……はぁんっ」

肛門と、その下の蜜穴からピチャピチャと音がした。

ありさの腰がしどけなく揺れる。

「ああ……ありさのエッチな声で目が覚めちゃった」

紗衣がありさを下から突きあげる。

「はんっ、ふひ、ひっ……両方はダメっ、イク、イクッ」

ありさのむき出しの尻にぶわっと汗が浮いた。

黒髪がおどろに乱れ、汗で濡れた背中や肩に張りついていく。艶めかしい悶えかたに、志朗はさらに興奮し、ピッチをあげた。

「来るっ、両方がズンズンして、ひろがっちゃう、もう、もうダメぇ！」

志朗もありさに同調するように、絶頂への階段を上りはじめていた。

「おお、おお、出る……ありささんのアヌスに出しますよ」

「出して、ありさのアヌス、真っ白にしてっ」

ドクンッ！

志朗の肉棒が肛道内で跳ねまわり、男の欲望をまき散らす。

「ああ、イク……イクウウッ」

ありさが、ぐぐっとのけぞったあと、紗衣の上に身を投げ出した。

女子大生ふたりは、愉悦の海をたゆたいながら、互いに抱き合っていた。

（おや……）

紗衣のアヌスがヒクついている。

「志朗さん……私もアヌスに寂しい……」

「いいですよ、今夜はとことんつきあいます」

若いふたりとの夜は、まだまだこれからのようだ。

腰が少し心配になったが――乗りかかった船だ。

これだけ激しいセックスをすれば、寂しさが心に入りこむこともないだろう。

志朗は紗衣のアヌスにペニスをあてがい、腰を進めた。

第六章　熟女ふたりと貸切温泉

1

湯河原駅に着いた志朗がロータリーに出ると、ポンと肩をたたかれた。

「お久しぶり、井乃頭さん」

「本郷様……っ、お久しぶりです。先日のご無礼、ま、誠に申しわけございません」

志朗は肩をたたいてきた本郷高子に、深く頭を下げた。

まさか、この人と偶然会うとは思わなかった。

心臓の鼓動が高鳴り、頭の中で鳴り響くほどだ。緊張のあまり、指先が冷たくなる。

「もう、あれは事故でしょう。それに、楽しい思い出よ」

「奥様にそう言っていただけて、大変ありがたいのですが、あの失態は失態でして」

初秋の風を受けながら、志朗は額に汗を浮かべていた。

志朗の肩をたたいたのは、業平の湯にともに落ちた本郷高子だ。

志朗が添乗員から苦情処理係になったのは、高子をかばって湯に落ち、夫の本郷隼人を激怒させたからだった。

高子は黒髪をアップにして、肩から白いコートを羽織っている。

その下には同じく白のニットワンピースを着ているようだ。

ニットワンピースは、スタイルが残酷なまでにはっきりわかる。

大きなメロンのような双乳、きゅっとくびれたウエスト、豊潤なヒップラインが志朗の目に飛びこんでくる。

高子は女優と言っても通るくらいの美女だ。うりざね顔に、吸いこまれるような瞳、そして形のよい唇。今日は控えめなピンクベージュのリップだが、その穏やかな色みが上品な相貌を引きたてている。

二十歳も年上の本郷隼人と結婚したとき、高子は二十五だったという。高子の実家は創業が明治の大手製糸メーカーで、いわゆる深窓の令嬢である。

結婚して七年経《た》つから、いまは三十二。

「私は過ぎたことだからって言ってるのに、あの人ったら怒りすぎだわ」

「お客様を危険な目に遭わせたのは、添乗員としてあってはならないことです。ご主人のお怒りはごもっともですよ」

本人からそう言われると、逆に申しわけなくなる。

高子が志朗の肩を持ったのが、隼人の怒りを大きくした理由のひとつでもあった。

あの日、失態を責める本郷氏と向き合い、高子は終始、志朗をかばった。

「ごめんなさい。私のせいで、主人をよけい怒らせちゃった。でもね、あれはいままでの、どんな旅行より面白かったの。だって井乃頭さん、落ちるとき私が怪我しないよう、ギュッと抱きしめてくれたでしょう。あのとき私、とってもドキドキしたわ」

高子が微笑んだ。なんと柔らかく、心を締めつける微笑みなのだろう。

あなたがいれば世界は輝き、あなたがいれば心が安まる——。

(ん？　俺はいったい、なにを考えているんだ……)

いきなりポエムのような思考に支配されて、志朗は戸惑った。

(しかし、不思議だ……高子さんを見てからドキドキがすごかったのに……いまは落ちついている。懐かしい場所にたどり着いたような、そんな気分だ)

今日、志朗をプライベートな旅行に招いたのは、麻布十番の温泉で志朗のことを出張ホストと勘違いした井筒《いづつ》麻衣子だった。

——敏腕添乗員だったあなたと、ビジネスの話がしたいの。温泉旅館のベッドで楽しみながら、その話をしない？

という、ストレートな内容のＬＩＮＥが志朗のもとに来たのだ。

首都圏での温泉めぐりにハマっていた志朗はすぐに返事を送った。

なんと、招待されたのは湯河原の宿だった。

しかも、料理も湯も一級で評判がよく、予約の難しい旅館だ。

そこは和歌ツアー第二弾で本郷夫妻を案内したときの、宿泊先候補に入れていた宿だった。

（すごい偶然だ）

ひとりだったら決して泊まらなかっただろう。仕事の未練と高子への想いで苦しむことになると思ったからだ。

（でも、麻衣子さんとふたりなら、大丈夫だろう）

温泉に入ると女性に欲情するだけでなく、なぜかモテるという不思議な体質にも慣れた。魅力的な女性から逆ナンパされるのが続いたのは幸運だ。

しかし、贅沢な悩みを抱えることになった。

(モテるって楽しいけど、心は休まらないな)

稀代《きだい》のモテ男、在原業平はこんな心境だったのだろうか、と思う。

志朗の場合、モテるのは温泉に入ったあとだけだが、その夜は眠れないほど熱い夜を過ごす。だが、欲望は満たされても心には穴が開いたままだと朝になって気づくのだ。

「井乃頭さん、今日はお仕事でこちらにいらしたの」

「半分仕事、半分プライベートでして……」

麻衣子がビジネスの話をベッドで楽しみながら、と言っていたので、この説明で間違いではないだろう。

「やっぱり添乗員さんは旅行好きなのね」

「奥様もご旅行ですか」

「そうなの、お友達と。今日は主人がいないから、羽を伸ばせるわ」

友達と小旅行に来たようだ。万葉《まんよう》公園をめぐって滝を眺め、そして温泉、旅館は懐石料理のところだろうか。などと、添乗員の性《さが》か、すぐにコースを考えてしまう。

「志朗さん、お待たせ」

麻衣子が小走りで駆け寄ってきた。

今日の麻衣子はベージュのトレンチコートに、赤のスカートのようだ。トレンチコースの裾から、華やかな色の裾がひらめいていた。コートと同じ色のハイヒールなので、ふくらはぎが盛りあがって色っぽい。

ロータリーにハイヤーを止めて、そこから下りてきたようだ。

「高子さんもちょうど着いたのね、ふたりともうまいこと集合してくれてよかった」

志朗の目が点になった。

「集合って……今回の旅行はふたりで、そのビジネスの話を、あの……」

硬直して、口をパクパクさせている志朗を楽しそうに麻衣子が見つめている。

「ビジネスの話はするわよ、高子さんもいっしょに」

志朗の顔色は青くなったり白くなったりしている。

なぜなら、高子は本郷隼人の妻だ。その妻と泊まるのはまずい。

隼人は愛妻家だから、高子とともに湯に落ちた志朗に激怒したのだ。

そんな隼人の妻と同じ宿に泊まったと知られたら、会社はクビ。転職先でも様々な妨害に遭い、結果、路頭に迷い、河川敷で無許可の家を建てて暮らすハメとなり――。

最悪の想像がジェットコースターのように駆けめぐる。

「大丈夫、これは私が麻衣子さんにお願いしたの」

と、高子が言った。志朗は、ますます状況が呑みこめなくなった。

2

麻衣子がとった部屋は離れだった。

二間のゆったりした和室に前室つき、そのうえ貸切露天風呂が備えつけてある。

奥の和室には、もう布団が敷いてあった。

「いい眺め」

コートを脱いだ麻衣子が、ベランダの窓を開けている。

露天風呂から一望できる離れの専用庭は広く、紅葉した木々が目にも鮮やかだ。

「いつもながら、このお宿は落ちつけていいわ」

高子が仲居が淹《い》れたお茶を飲みながら言った。

茶碗に添えられた指先はすっと伸び、蓮《はす》の花を抱えるような優美な仕草だ。

部屋つきの仲居が出ていったところで、高子と麻衣子が口を開いた。

志朗は下座で両手を膝の上に置き、かしこまっている。

「志朗さん、今日はいつになく緊張してるわね」

麻衣子が微笑んでいる。鮮やかな赤のワンピースは腰の紐で前を閉じるデザインで、胸もとが深く見えている。

「そりゃあ、麻衣子さんとふたりというお話でしたので。本郷様がいらっしゃるとは思わなくてですね、私は、あの、仕事のうえで本郷様に大変失礼なことをしたために、ご主人からお怒りをちょうだいした男でして、ですから……」

志朗はポケットからハンカチをとり出し、汗を拭きふき言った。

「それは怒られるわねえ。しかも、その男に妻が思いを寄せていたなんて知ったら、血圧あがって倒れちゃうわね」

麻衣子の言葉に、志朗は汗を拭く手を止めた。

「えっ」

聞き間違いだろう。高子と自分では、暮らしぶりでも教養でも、天と地との隔たりがある。高子が自分に恋をするなどありえない。

「井乃頭さんにまた旅行のプランニングと案内をお願いするつもりが、あの人ったら異動させちゃうんだもの。いまの人は当たり障りなくてつまらないの」

高子は生菓子を黒文字でひと口大にすると、肉感的な唇を開いて入れた。

「高子さんは好みがうるさいから……でも、まさか高子さんが気に入っていた相手が、この人だなんて思わなかったわ」

麻衣子が旅行鞄を開けて、中からポーチをとり出している。

前回、麻衣子とベッドをともにしたときにも登場した、淫具入りのポーチだ。

「私だって浮気相手は出張ホストって決めてるあなたが、素人に手を出したと聞いたときには驚いた」

高子が生菓子を食べ終わり、口の中に残った甘みを打ち消すようにお茶を飲んだ。

「お、おふたりは以前からのお知り合いだったんですか」

「高子さんが本郷さんのところに嫁ぐ前からの知り合いよね。パーティーで知り合って意気投合したの」

麻衣子が言った。

「はあ……」

世間は狭い。麻衣子とは実業界のパーティーで出会ったのだろう。

麻衣子も実業家のようだし、本郷隼人氏も財界人だ。夫人がパーティーに出ることもよくあるだろう。志朗はカラカラになった喉を潤わせるため、お茶を口に入れた。

混乱していた心が少し落ちつく。お茶が喉を通ったところで——。

「最近は乱交パーティーをするのも難しくなったから参っちゃう」

と、高子が呟いた。

志朗はお茶を噴き出した。

「高子さん、いきなりその話題はまずいわよ。志朗さんが困るじゃない」

「あら、麻衣子さん、話していなかったの」

麻衣子は腹を抱えて笑い、高子は目をしばたたかせている。

高子から乱交パーティーという単語が出てきたら、驚くしかない。

「うるさいのよ、家が。男性とおつきあいするなら結婚する殿方って教育方針だったの。そのうえ、お相手も家が決めるでしょう。自由がないの」

（なるほど……それで不満がたまって……ということだろうか）

志朗は濡れた座卓を、おしぼりで拭いた。

「でも、男を知らないで結婚して、結婚後に変に色気づいて浮気しても面倒だから、結婚前にひととおり教養として覚えておくようにって、お母様がうるさくて」

「それで乱交パーティーで処女喪失したのよね」

「はじめての相手を引きずるほうが厄介でしょう。結婚とセックスは別。相手に期待しないから結婚生活がうまくいくのよ」

高子がさらっと言う。志朗はぐらっと目眩がして、畳に手をついた。

「というわけ。だから、安心して……今日は欲求不満を解消するために高子さんも来てるの。隼人さんにはバレないから大丈夫よ。隼人さん、私のことを高子さんの友達だとしか思ってないから」

麻衣子がベルトをほどくと、ワンピースがすべり落ちる。そして、真紅のブラジャーとショーツ、そしてガーターベルト姿になった。

スタイルがいいので、女体を飾る下着が映える。

「井乃頭さん、ファスナーをお願いしていい？」

高子が志朗に背を向けた。ニットワンピースだが、背中にファスナーがある。それを下ろしてほしいようだ。志朗は緊張で固まった指をどうにか動かして、ファスナーをつかんで下げた。白いワンピースに負けない雪白の肌と、その肌をかすかに覆う淡いブルーの下着があらわになる。

（うお……肌の匂いが……わかる……）

高子は別格だった。

温泉に入る前から志朗の体が、心が、高子を求めている。

「ブラジャーもはずしてくださる」

ワンピースを脱いだ高子が囁く。志朗は、ブラジャーのホックをはずした。

肌の匂いが濃くなる。志朗のペニスが隆起する。

「あなたも、でしょう」

高子が振り向いた。ぼかしたような黒目が、じっと志朗を見ている。

「私、あのお湯に落ちてから、温泉に入ると前よりもエッチになったの……夫も喜んでくれたわ。でもね……かけがえのないなにかが足りない気がずっとしていたの」

温泉に入ったあと、本能が女体を求めていた。

しかし、心はずっと寂しさを覚えていた。失った半身を探すように女体をめぐり、抱いた。そのときはお互いに満足して、あと腐れなく別れるが──残るのは「また違った」という哀しみだったような気がする。

「あの変な温泉に落ちてから、お互い変わってしまった気がしない?」

高子が志朗の手をとって、己の乳房を揉ませた。

肌に触れたとき、志朗の体を「この人だ」という歓喜が貫いた。

「ええ。そう思います。もうあなたなしではいられない……」

「ねえ、ふたりで盛りあがってるところ悪いけど、こっちはできあがってるの。さっさと温泉に入って、はじめましょ」

麻衣子は、ガーターベルトからストッキングをはずして脱ぎ捨てると、部屋に備えつけの露天風呂に足を入れた。

3

志朗は全裸になり、温泉に浸かっていた。

麻衣子は風呂のへりに腰を下ろしている。

「こういうのもエロくていいんじゃない」

麻衣子は湯の中で足を伸ばし、志朗のペニスを足裏で刺激している。

「ようやくご登場ね」

「……井乃頭さんに汗くさいまま抱かれたくないもの」

高子はシャワーで汗を流してからやってきた。タオルで前を隠しているが、美麗なカーブを描いた女体が、タオルの両脇からはみ出ている。

志朗の男根にドクドクと血が送られ、麻衣子の足の下で隆起した。

「やだ、私の足をはねのけるぐらいに勃っちゃって。高子さんから温泉の話を聞いたときは半信半疑だったけど、実際、私も志朗さんに会ったらおかしくなっちゃったし、効能は本当みたいね」

「そうなの」

高子が湯に体を沈めて、タオルをとった。

湯の中でゆらめく叢の色は濃い。ぴったり合わせた太股は肉感があり、ひどく色っぽい。乳房は柔らかそうな質感で、乳首は人妻らしいワイン色だ。

「ふたりとも固まっちゃって、どうしたの」

麻衣子は楽しそうにふたりの顔を交互に見ていた。

「私とさんざんエッチなことをしたふたりが、いきなり初心《うぶ》なふたりに変わっちゃって、面白い。でも、このままじゃ、私が欲求不満になっちゃうから」

そう言って、麻衣子が高子に顔を寄せた。

形の整った顎に手を添えて上向かせると、麻衣子が高子に口づける。

「む……ん……」

高子の白い肌が、ほうっと紅く染まった。熟女ふたりの間で、舌がチロチロ動いているのが見える。麻衣子は高子の乳房に手を伸ばし、乳首をつまんだ。

湯の中で、高子の肌がゆらめいた。

「れろ……れろ……ちゅ……」

麻衣子が高子にのしかかるようにして口づけを深めていくと、膝を揃えて座っていた高子の姿勢が変わる。膝が立ち、ゆるゆると開いた。

「んふ……欲しいのね……志朗さんじゃダメなの」

「は、恥ずかしいの……」

高子が喘ぎながら言った。不思議なことに、高子も同じ心境のようだ。

「初恋の人に再会したみたいよ、ふたりとも。そういうふたりが変わるの見たいわ」

麻衣子がそう言って、高子に口づけながら志朗のペニスを握ってきた。

「おおう……」

湯の中に先走りが放たれる。

水圧と水の抵抗のせいでいつもの手コキよりも気持ちがいい。

「麻衣子……ああ……私も気持ちよくして……」

高子が足を開く。その間に、麻衣子の手が入った。

湯が波打つ。高子の肩が上下する。唇が開き、熱い息を吐く。

志朗は我慢できなくなり、麻衣子と高子の唇に己の唇を近づけた。

「来たわね……」

麻衣子が舌で出迎える。高子に見せつけるようにして、レロレロ舌を動かす濃厚なキスを交わすと、高子の舌もそこに加わった。

三枚の舌が互いを求め、唾液を混ぜ合う。あまりの淫らさに、酔ってしまいそうだ。

「ああ、井乃頭さん、キスして……」

高子が志朗を抱きしめた。志朗の胸に、高子の乳房が当たる。柔らかく、心地よい感触に、勃起はさらにキツくなった。

高子と志朗は、ついに互いの舌をからめた。

唾液を交換し、嚥下するたびに体が歓喜に震える。求めてはいけない女性を抱いている禁忌を犯した背徳感と、それでもなお抑えつけられない欲情がほとばしる。

「ああん、我慢できない。ハメて……ねえ、ハメて……」

麻衣子が浴槽のへりに手をついて、尻を突き出した。

ざあっと風が舞い、庭の紅葉が揺れた。

紅の葉が波のようにたゆたうなか、麻衣子の白肌がやたら鮮やかに映った。

欲情を堪えきれず、志朗は男根のつけ根を持ち、麻衣子の蜜肉に挿入する。

「おおう、来てるっ、はぁっ……いい」

3Pの期待で潤んだ麻衣子の膣道は、志朗のペニスを歓喜とともに迎えいれた。

根元まで挿入すると、麻衣子の尻たぶがぶるっと震える。

「おお……いい……」

ランニングにより体幹の筋肉も鍛えられているので、締まりは強烈だ。

（高子さんが見ている前でエッチしてるんだ、俺……）

背すじに甘い痺れが走る。興奮のあまり、高子の視線だけで感じてしまう。

「麻衣子さん、動きますよ」

志朗は麻衣子の丸尻に手を置き、後ろから責めたてた。

交わり合ったふたりの足が揺れると、湯がちゃぷちゃぷと音をたてて浴槽から溢れる。そこに、パンパンと肌と肌がぶつかる音が重なって、志朗の鼓膜を刺激した。

「あうっ……ほうっ……おっ……」

視姦されながらのセックスで、麻衣子は早くも感じていた。

那須高原で女子大生ふたりと朝まで交わったおかげで、志朗は３Ｐでも緊張することなく振る舞えている。

「井乃頭さん、私にもお情けをください」

高子が麻衣子の隣に来ると、浴槽のへりに手をついて尻を突き出した。

豊潤なヒップの谷間にある、肉薔薇が見えた。

（おお……これが高子さんのオマ×コ……）

麻衣子と違い、高子は叢の手入れをしておらず、陰毛はこんもりと繁っていた。

黒い毛にふちどられた縦スジの両脇には白い土手肉、中央にはワイン色の花弁が咲き誇っている。そして、その花弁からはどろっと粘度ある蜜が溢れていた。

「では奥様、行きますよ」

志朗は麻衣子を突きながら、隣で白臀を揺らす高子の肉壺に指を二本挿入した。

「あふっ……ふう……これ……これだわっ」

指だけで、高子は激しく乱れた。たわわなヒップを左右に振り、蜜汁をまき散らしながら指愛撫の快感に応えている。

(俺のためにできた体みたいだ……指だけでこんなに感じてくれるなんて)

「志朗さん、もっと、もっとちょうだいっ」

麻衣子が尻をヒクつかせて、律動を催促した。

志朗は、ふたりが再びめぐり会う機会を作ってくれた麻衣子に、速いピッチの抜き挿しで礼をした。

「あうっ、はうっ、あうっ、あっ、うん、い、いいっ」

麻衣子の髪が背中でうねり、左右に揺れる。志朗は髪を前に流してやり、あらわになった背中に口づけた。香水と汗の匂いが混じった官能的なアロマを吸いこみながら、舌で背すじを舐める。

「や、やんっ……そこ……あんっ」

麻衣子の尻と志朗の腰がぶつかるたびに、湯と愛液がたてる水音が露天に響く。

「麻衣子さん……いいお顔になってるわ……」

高子が麻衣子とキスした。

同性とキスすることにもまったく抵抗のない高子の奔放さに、志朗は魅せられていく。志朗は高子の内奥で指をくの字に曲げた。

「ほおお……おおおっ」

そのまま抜き挿しすると、高子の腰のうねりが激しくなる。

「井乃頭さん、わ、私、そこ、弱いのっ、くう、ううっ」

それは言葉がなくても伝わっていた。指の股だけでなく、手のひらまでどろっとした愛液でくまなく濡れているからだ。

「志朗って呼んでください」

「は、はいっ。志朗さん、そこ、もっと、もっと責めて……」

志朗は軽くくの字に曲げた指を少しずつ位置を変えながら抜き挿しさせる。

Gスポットをくすぐりつづけていると——。

「いい、いいいっ、オマ×コが……熱いのっ」

高子は指愛撫の愉悦に溺れていった。

「わ、私も、高子さんと、志朗さんのオチ×ポでイキそう……ああ……あううっ」

志朗は抜き挿しのテンポと、高子に指愛撫するリズムを合わせた。

熟女ふたりの喘ぎ声が重なり、いやらしい合唱《コーラス》となる。

「ああ、おお、イク、イク、イクウウウッ」

高子が先に達した。開いた股の間から、ブシュッと潮が噴き出して、湯に降り注ぐ。

志朗は高子から指を抜き、麻衣子の腰に両手を置いた。

そして、射精前のラッシュで麻衣子を責める。

「あう、あん、あう、ううっ、あん、いい、いい、いいいいっ」

最後の、いい、は絶叫に近かった。

嬌声が静寂を破る。そして、結合部から麻衣子もまた潮を噴いた。

「う……イキ潮噴いたら締まりが桁違いだ……イクッ」

志朗も尿道口を解き放った。白濁がドクドクと熟女の蜜肉に注がれていく。

「ああおおお……熱いのでまたイクウウウッ」

麻衣子はガクガクと痙攣しながら、蜜壺で牡汁を飲みほした。

4

「これでいい？」

高子が麻衣子に手錠をかけた。

麻衣子はベッドのヘッドボードの柱に手錠の鎖を通し、両手をあげるようにして拘束されている。

「ええ……これでいいわ、うっ、あんっ」

数カ月会わない間に、麻衣子は新たなプレイに目覚めたようだ。

体を冷やさないように浴衣の袖に手を通しているが、帯をせず、前は開いたままだ。

浴衣の前から、形のよい乳房と整えられた陰毛までがまる見えになっている。

そして縦スジでは、紫のバイブの持ち手が円を描いていた。

「気持ちよくても、イキまくっても止められないプレイ、ハマるわよ……」

と、手錠をかけられる前に麻衣子は言っていた。麻衣子は、夫との性生活はそこそこでいいと思っていて、性欲を満たすのは出張ホストとのデートと決めている。

しかし、志朗と寝たあとで久々に夫とセックスをして驚いたそうだ。

麻衣子がセックスをホストとしていることは夫も承知していたのだが――やはり嫉妬していたらしい。夫は麻衣子を拘束して荒々しく愛撫すると、バイブをハメたまま放置した。麻衣子が失禁するほどイッたあとで、夫はようやく麻衣子と交わった。

「あの夜は、何回イッたかわからないくらい、イッたのよ」

その結果、麻衣子は放置プレイに目覚めてしまったらしい。

「あなたと高子さんの縁結びをしたんだから、私のことも満足させてね」

「もちろんですよ。たっぷりサービスします」

志朗はバイブの柄にあるスイッチを最強に合わせた。

股間から突き出たバイブが、喜んでいるときの犬の尻尾《しっぽ》のように激しく動く。

「ほひっ、ふう、ふううっ」

麻衣子が尻をバウンドさせ、身もだえする。内股は愛液と志朗の精液で濡れていた。

バスタオルを体に巻いた高子が、麻衣子の隣に横たわる。

志朗に姿を見せられないのか、背を向けていた。

「さっき、お風呂でエッチをしたのに……まだ恥ずかしいんですか」

「あなたは特別だから……あの温泉の効果なのかしら……あなたが眩しいの。いままでたくさんエッチな遊びをしたのに、照れるなんて変よね」

高子が自分で自分を抱くようなポーズをとると、ベッドの上できゅっとまるくなった。絶対に手の届かない存在だと思っていた高子の、照れくさそうな仕草を見て、志朗の心は満たされ、想いが胸から溢れそうだ。

「私たちが落ちた温泉……あれは姫を連れ去って逃げた業平が、都人《みやこびと》に姫をとり返された悲嘆の涙からお湯が湧いたって話よね。もう姫と会えないなら、女人と逢瀬する意味はない。だから、恋心は湯に溶けてしまえって……」

高子が潤んだ瞳を志朗に向ける。

「別な伝説もあったの知っているかしら。業平の湯に落ちていた仏像を拾った男が、身分違いの女性と結ばれたっていう話。じつはあのとき私、温泉で小さな仏像を拾ったの。これって、ただの偶然じゃないわよね」

（ほのみさんが言っていた湯の底の仏像だ……こんなことがあるのか）

いや、あるのだ。人に言えば笑われそうな話だが、実際己の身に起こったのだから。

「業平の湯、男の人がモテたくて入った話はあるけれど、男女で入ったらどうなるかはなかったわよね。私たち、ふたりで落ちたから、温泉に入るたびに何度もエッチな気分になったのかもね。本当はお互いを求めていた……とかかしら」

高子が志朗のほうを向いた。バスタオルを巻いたままなので、乳房の上半分しか見えないが、十分セクシーだ。締まったウエスト、そして豊かなヒップラインは、見ているだけで涎が溢れてくる。

志朗は生唾を飲みこんで、バスタオルをとった。天をつく男根が姿を現す。

「そうかもしれません。あなたとずっといっしょにいたいです」

志朗は高子の隣に横たわり、彼女を抱きしめた。

露天風呂で3Pをして、隣のベッドではバイブを蜜壺で咥えて悶えている麻衣子がいるというのに、志朗は童貞のように緊張していた。

「志朗さん……私も離れたくないわ」

志朗と高子は唇を重ねた。先ほど、露天風呂での3Pのときは指での愛撫だけだ。キスよりも淫らな行為をもうしたのに、キスをしたとたん、甘酸っぱい気分になる。おかしな話だが、忘れていたときめきを志朗は覚えていた。

「ん……ん……」

それは高子も同じのようだ。

長い睫毛を伏せて、舌をクチュクチュからませ合う行為に没頭している。

志朗は、そっと高子のバスタオルをとった。

「あん……」

高子が声をあげる。はらりとバスタオルを開くと、柔らかなバスト、臍、そして濃いめの陰毛に覆われた秘所があらわになる。志朗は唇をはずすと身を起こして、高子の足を左右にひろげた。花開いた秘所は、期待の淫蜜でしっとり濡れている。

キスをしながら、志朗は高子の肢体に指を這わせていた。

吸いつくようなもち肌に、脂の乗った柔らかい体、そして官能の香り。

指と鼻腔で女体を味わいながら、志朗は最も求めていた場所へと指を下ろしていく。

「あうっ……あふんっ……」

高子が満足げな吐息をついた。

陰毛をかき分け、とろとろに蕩けた秘唇を指でくすぐる。中指を合わせ目に沿わせて上下に軽く動かすと、高子の吐息が熱くなる。

「好き……その指の動き……たまらないっ」

高子の雪白の美貌に黒髪がかかり、色気が濃くなる。艶やかな変化が志朗の欲望をかきたて、志朗はたまらず指を内奥に埋めた。

「くう……はううっ」

高子は指愛撫に激しく反応した。指一本を挿入しただけで、志朗の手首が透明な愛液で濡れるほど高子は蕩けている。高子もまた、志朗の男根を指でくるんでいた。先走りのぬめりをローション代わりにしてしごく。

「う、うお……お上手ですね、高子さん」

ふたりは唇を重ねた。

長い口づけが終わると、視線を交わらせる。

「あん……恋人どうしのセックスって感じね……あん……あん……」

高子と志朗をたぎらせるのは、互いへの欲情だけではなかった。

ふたりが愛を交わすベッドの横では、麻衣子がバイブで内奥を責められながら、ふたりのことを視姦している。それが官能を深めるスパイスとなっていた。

「し、志朗さん、高子さんにたっぷりハメたら、私にもちょうだいね……くううっ」

そう囁いてから、麻衣子の背が官能的なアーチを描く。

M字に開いた足の間から、ブシュッと潮が噴き出し、ベッドを濡らした。

「麻衣子さんったら、志朗さんとのセックスを想像しただけでイッてるわ……すごいのね、志朗さんって」

「あの湯に落ちたあなたならわかるでしょう……あの効果……」

「ええ……」

高子が睫毛を伏せて答えた。

（俺がモテていろんな人妻を抱いたように、高子さんはきっといろんな男性と関係を結んだんだろう）

自分のことを棚にあげて、勝手に嫉妬してしまう。

志朗は自分勝手だと思いながらも激情を止められず、高子の蜜口から音がたつほどピッチの速い抜き挿しをはじめた。

「くう、あん、いい、あんっ」

高子が片手では志朗の首をかき抱きながら、片手でペニスをしごくピッチをあげていた。ふたりの体から、いやらしい水音が交互に鳴った。

（高子さんをもっと味わいたい……）

志朗は高子の腕をはずし、細い足首をつかむと、Vの字になるように持ちあげた。

そして、股間に顔をつけて、猛烈な勢いで女芯を吸う。

淫らな音をたてながら、顔を左右に振った。高子は吸引悦だけでなく、肌を擦る快感に襲われ、太股を痙攣させる。

「おおう……あん、志朗さんっ、もっと、もっと舐めてっ」

柔らかい美乳を揺らしながら、高子が喘ぐ。志朗は淫裂だけでなく、その横の土手肉や陰毛を口に含んで、あふれ出た蜜汁をすべて舌で拭った。

舌をとがらせ、内奥に挿れ、円を描くようにして襞肉を刺激する。

「いい、舌で犯されているみたいっ……志朗さん、私、体が痺れちゃうのっ」

汗をまとった肩が、ヒクンヒクンと跳ねている。

ふたりの間を漂う、女のアロマがむせ返るほど濃くなってくる。

高子が志朗の顔に手を伸ばし、せつなげな表情で額に流れる汗を拭った。

「欲しいの、我慢できないの……」

志朗の男根も、先走りで陰嚢が湿るほど猛っていた。

交わるなら、布団の上で――そう思って、先ほどは堪えていた。

念願叶って、高子を思いっきり抱けるのだ。

志朗は右手を肉幹の根元に添えて、高子の淫裂に当てた。

「来て……」

高子の瞳が欲望できらめく。志朗は亀頭で高子の秘唇にキスをした。

ふたりだけの世界を観察する者がいることが、ふたりを昂らせていた。隣のベッドからの熱い視線――麻衣子の視姦が媚薬のように作用し、ふたりを官能の世界へといざなう。

「行きますよ……おお……」

湿った音をたてて、高子の肉裂が左右に割れた。

陰唇が口を開き、媚肉が志朗の亀頭をくるんでくる。

「ああ、欲しかったのはこれだわ……」

高子がかすれた声で囁いた。

志朗も同じ思いだ。それを示すために、じっくりと肉棒を奥へと進めていく。

男根を咥えたとたん、膣道がうねりを増して、奥に吸いこむように動いた。

「これが高子さんのオマ×コ……最高です。俺もずっとあなたを求めていたんです」

もうなにも考えられない。満たされた悦《よろこ》びが体を支配していく。

なんの変哲もないプレイだ。キスをして、指で愛撫し、ペニスを挿入する。

それなのに、この快感はなんなのだろう。

「志朗さんのオチ×ポもすごいわ……硬くて、ぴったり来るの……」

高子が薄く目を開いて、志朗を見つめた。

蠱惑的な表情がたまらず、志朗は高子の腰の横に手を置いて、ピストンをはじめた。

「うくっ、くうっ、あうっ、ううっ」

高子の口から放たれる淡い吐息。吐息は香り高く、男を酔わせる。

志朗は内奥の締まりと、求めていた熱にくるまれ、こめかみから汗を滴らせながら、ピストンのピッチをあげる。

「熱いセックスだわ……あん、あんっ」

麻衣子がまた潮を噴いていた。隣のベッドで悶えながら、麻衣子は志朗と高子の交わりを視姦して達した。

「志朗さん、私たち、見られているのね……ああん、興奮しちゃう……」

高子が腰を志朗に合わせて動かす。

「見られながらエッチするの、大好きなの……あふ、ふっ」

志朗は高子の乳房を揉みながら尋ねた。

「麻衣子さんに来てもらったのも、このため？」

「そう、そうなの……私、視姦されないとイケないって夫に言ってないの……私、そんな変態なのよ、あん、んっ」

高子は顎を上向けながら、嬌声をあげた。

ずっと秘密にしていたことを告白したとたん、感度があがったようだ。

（うおっ、締まりがよくなってる）

背すじに快感のさざ波が走る。抜き挿しするのも難しいほどの食いしめに、志朗は額から玉の汗を落とした。それが高子の頬にかかり、高子の涙のようになる。

「変態でもかまわない……どんな高子さんでも、ずっと抱いていたい」

志朗は秘密を告白されてから、脳髄がキーンと痺れたようになっていた。夫にも打ち明けられない告白を志朗にしてくれたのは、それほど信頼し——自分のすべてを知ってほしいと願っているからだ。

「うれしい……うれしいわっ」

高子の相貌から、涙が溢れた。志朗が落とした汗と交わり、頰を流れ落ちていく。

高子の涙で愛しさをかきたてられた志朗は、律動のテンポをあげた。

「ひい、ひうっ、ひいっ、深い、深いわっ」

人妻の両足が宙で揺れ、つなぎ目からは絶えず湿った音が響きわたる。

志朗は腰をめぐらせ、亀頭で愉悦のポイントを探した。

「あああ……そこ、そこダメぇっ」

反応が激しくなった。亀頭がGスポットをくすぐったのだ。

志朗はそこを刺激するように、突いて突いて突きまくる。

「あんっ、くうっ、いい、いい、志朗さん、高子ぉ……いい、私、イクわっ」

高子の腹が波打つ。蜜壺の圧搾がキツくなる。

射精態勢に入った志朗は、子宮口を狙って腰を繰り出した。

「くううう、も、もう……だ、ダメぇっ。イクッ」

ガクンッ！

高子が動きを止めた。

「ナカに出しますよっ」

「来て、志朗さんの精液で私をいっぱいにしてっ」

高子が叫ぶ。志朗はその言葉を受けて、己の欲望を解き放った。

ドクッ……ドクドクドクッ……！

この日二度目の射精なのに——量は多く、たっぷりと高子のナカに注がれていった。

「愛し合うふたりのエッチってすごいわ……ああ……私もハメられたい……」

麻衣子が手錠を鳴らしながら言った。

浴衣は汗で張りつき、股間は濡れて色が変わっている。

(さすがに連射は……)

と思ったが、膣内にとどめていた志朗のペニスが、むくむくと息を吹き返した。

本当に求めていた相手とのセックスは疲労も激しいが、回復も早いのか。

「志朗さん、ハメてあげて……私、見ているから……」

高子が志朗の顎を、愛おしげに撫でた。

「あなたはやさしいかただ。すぐにまたハメますね」

「待ってるわ、志朗さん」

高子のもとから離れ、志朗は麻衣子の股の間に入った。

「前戯なんていらないでしょう」

「もちろんよ……すぐに挿れてっ」

麻衣子は愛蜜で濡れそぼった股間を突き出していた。

手入れされた秘丘は愛液でテラテラと濡れ、その間でグイグイ動く紫バイブがやたら淫靡に見える。志朗は愛液まみれのバイブ柄をつかんで引き抜くと、間を置かずに己のペニスをあてがい、挿入した。

「おおお……好き、硬くて熱いオチ×ポが来てるっ」

乳房がグンっとあがり、乳首が揺れる。

志朗の男根も興奮のため熱を帯びているだろうが、視姦と放置プレイで麻衣子の蜜襞も燃えあがっていた。

「い、いい……」

放置プレイで悦楽に浸っていた人妻は、肉棒のひと突きで、軽くイッた。

結合部からハメ潮が噴き出て、志朗の腹を濡らす。

「水分がなくなっちゃいますよ、こんなに潮を噴いていたら」

志朗は、さらに潮噴きを誘うように、子宮口を狙って突いていた。

「て、手錠をとったら、水分をとるわ。また潮噴くために……」

麻衣子は汗まみれの顔を淫靡に輝かせながら、囁いた。

「じゃあ、先にこれを飲む？」

両手を手錠で拘束されている麻衣子の枕もとに高子がやってきた。

イッたばかりでけだるげだが、目は淫らな光を力強く放っている。

高子の豊潤なヒップが麻衣子の顔に近づく。

「あふ……いい匂いだわ……」

顔をまたがれた麻衣子が、高子の股間に口づけた。

「ふっ……」

白い肌が震え、高子の背から汗が散る。

麻衣子は、ジュルジュルと行儀の悪い音をたてて、高子の股間を啜っていた。

「精液がおいひい……じゅる、じゅるるるるうっ」

とがらせた唇が高子の秘唇に吸いつき、内奥にある蜜汁や白濁液を吸引している。

（おお……なんていやらしい）

麻衣子は男女のまぐわい汁をごくごくと喉を鳴らして飲んでいる。

「上手よ……麻衣子の舌も、唇も、いいっ」

ヘッドボードに手をかけ、和式トイレで小水をするときの姿勢で麻衣子に秘所を啜られる高子が艶やかな声をあげた。尻には愉悦の汗が浮き、秘所を吸われるたびにヒクヒクと柔らかな尻たぶが波打っている。

志朗はその光景に欲情し、麻衣子の太股を抱えると結合を深めた。

「むうっ……ひうっ」

クッチャクッチャと、こちらも行儀の悪い音をたてながら、ペニスで蜜肉を掘削する。麻衣子の唇と、陰唇、双方からはしたない音が響いていた。

「高子さん、こっち向いて……」

交わりながら志朗が声をかけると、高子が麻衣子の顔をまたぎ直して姿勢を変えた。

高子は麻衣子にまたがったまま、志朗と向かい合う姿勢になった。

「高子さんも、もっと感じたいでしょう」

志朗が高子の顎をつかんで引き寄せると口づけた。ふたりは舌をからませながら、麻衣子の上で腰を振った。

「むうっ……ううっ……」

高子と志朗のふたりに責められ、麻衣子は感じいったうめきをあげる。

「あん、志朗さん、私、またイキそう、あん、あんっ」

志朗と恋人どうしのキスを交わしながら麻衣子に秘唇を啜られる快感に、高子の声がせつなげなものに変わってくる。

早くも麻衣子の背が大きなアーチを描いて、四肢が硬直した。

「あう……ううう……イ、イクッ」

ブシュウウ！

イキ潮が放たれ、志朗の腰が蜜汁で塗れる。

視姦とバイブで体ができあがっていたためか、麻衣子はあっさりとイッた。

「麻衣子さんのイク姿を見てたら我慢できなくなっちゃったわ……」

高子は麻衣子の上で四つん這いになり、志朗のほうへ尻を突き出した。

「志朗さん……またハメて……あなたにいっぱいハメられたいの……」

白濁と潤み蜜で光った秘唇を見せつけながら、高子が誘う。

「麻衣子さんの愛液まみれのチ×ポでいいんですか」

「オマ×コで、麻衣子さんの愛液も味見したいの」

高子が志朗に色っぽい流し目を送る。

「じゃあ、麻衣子さんのマン汁をたっぷり味わってください」

志朗のペニスも麻衣子があっさり達したために、発射寸前でお預けを食らっていた。

青スジが浮き、エラが大きく張り出したペニスが麻衣子のナカに埋められる。

「はおっ……おお……麻衣子の愛液まみれのオチ×ポがおいしいわっ、あふっ」

「麻衣子さんに舐められたせいかな、オマ×コの締まりがまたよくなってますよ」

志朗は麻衣子の腰の真上で、高子と交わった。

高子のナカからかき出される愛液と精液が麻衣子の陰毛に滴る。

「あん、麻衣子、そこは……あんっ」

麻衣子が自分の目の前で揺れている高子の乳首を咥えていた。性感帯を刺激され、高子の背すじの溝が深くなる。快感で肢体がこわばっているのだ。

（おお……麻衣子さんのおかげで、高子さんの締まりがまた極上のものに……）

志朗は肉幹をくるむ快感に溺れそうになりながら、律動のテンポをあげていく。

「ひ、ひい……ナカに……深いのが来て、イク、イクわっ」

豊潤なヒップが震え、内奥が精を求めて蠕動する。

「おお、おおおおっ」

志朗は肉襞の動きの前に陥落し、白濁が再び高子のナカに注がれる。

「くう……うう……」

二度も中出しされ、高子が麻衣子の上に倒れた。

志朗も、そのまま高子を背後から抱きしめる。

「うふふ、いいビジネスになりそうね」

麻衣子が高子と志朗を見ながら目を細める。

「ビジネスって……」

「富裕層の女性客向け旅行会社を作るの。添乗員はもちろん志朗さん。刺激の欲しい女性にウケるわね、きっと……」

添乗員は自分の天職だと思っていた志朗にとって、願ってもない申し出だった。

「お給料はいまの会社以上出すわよ。どう？」

温泉に入ると女性にモテる妙な体質になったいま、再びまともなツアーの添乗員が勤まるとは思えない。渡りに船だ。

「でも、いかがわしいツアーだと噂《うわさ》がたったら、まずくないですか」

「ツアー先で客と添乗員が自由恋愛するだけよ。大丈夫でしょう。お楽しみが欲しい女性は意外と多いし。だから、女性客限定の旅行会社にするの」

麻衣子は志朗の体質に商機を見いだしたようだ。

「夫は私がひとりで旅行に出たら怪しむけど、麻衣子さんのツアーで旅行をするなら、承諾するわ。麻衣子さんと私と……志朗さんとの関係を知らないから」

高子が志朗を潤んだ目で見て言った。

「これからはあなたと旅に行けるのね。こういうかたちでしかいっしょにいられないけれど……でも、私はあなたのものよ」

「俺もあなたのものです。あなたを満足させますよ、これからもずっと……」

志朗は天職から離れ、高子から離れた日々の寂しさから解放されたのだ。

「志朗さんの体力が持つかしら。そこだけが心配なのよね」

麻衣子が志朗を挑発するように言った。

「体力は大丈夫ですよ。その証拠に、今晩、おふたりを寝かせません」

志朗の男根が、高子に埋まったまま息を吹き返す。

「あ、あん……また私のナカで大きくなってる……素敵よ、志朗さん」

高子がうっとりと喘いだ。

「高子さんがイッたら、麻衣子さんにハメますからね」

志朗は、ビジネスパートナーに、そして愛する女性に己の体力を証明するため、抜き挿しを再開した。

◉新人作品**大募集**◉

マドンナメイト編集部では、意欲あふれる新人作品を常時募集しております。採用された作品は、本人通知のうえ当文庫より出版されることになります。

【応募要項】未発表作品に限る。四〇〇字詰原稿用紙換算で三〇〇枚以上四〇〇枚以内。必ず梗概をお書き添えのうえ、名前・住所・電話番号を明記してお送り下さい。なお、採否にかかわらず原稿は返却いたしません。また、電話でのお問い合せはご遠慮下さい。

【送付先】〒一〇一-八四〇五 東京都千代田区神田三崎町二-一八-一一 マドンナ社編集部 新人作品募集係

孤独の女体グルメ《こどくのにょたいぐるめ》 桃色温泉旅情《ももいろおんせんりょじょう》

二〇二二年十二月十日 初版発行

著者◉津村しおり【つむら・しおり】

発行◉マドンナ社
発売◉二見書房 東京都千代田区神田三崎町二-一八-一一
電話 〇三-三五一五-二三一一（代表）
郵便振替 〇〇一七〇-四-二六三九

印刷◉株式会社堀内印刷所 製本◉株式会社村上製本所 落丁・乱丁本はお取替えいたします。定価は、カバーに表示してあります。
ISBN978-4-576-22171-7 ◉Printed in Japan ◉©S.tsumura 2022

Madonna Mate